四十四歳のデカダンス

上妻 勝一

文芸社

《プロローグの前後》

「違う！」

突然、そう叫んだまま立ちすくんでしまった。いったい何が起きたのか、何が違うのか、それはまったく分からなかった。一瞬のこととはいえ、昨日と同様に私の体のどこか、あるいはその中の一部分が拘束され、狂ったように拒絶した痕跡が残されただけで何一つ明白になるものはなかった。

ただ、今言えることがある。それはごく身近にあり、あと僅かで何かしら理解できるだろうということだ。仮にそれはひどく馬鹿げていて取るに足りないものだとしても、明日になればきっと何かを得られるような気がする。少なくとも、手掛かりだけは……今日のようなことはないだろう。

予感を感じた、一月四日

小休止というものを知らないテレビの音声と映像を黙認した後に、無言のまま朝食の支度をした。工事現場のように口に押し込み、黙って新聞を捲った。残り物を始末した後には、息を潜めて着替えに取りかかった。

陽が射し込むと空を見上げ、真下の外路地を覗き、通行人が何かに向かって行き交う姿を追っていた。それは蟻塚の様相に近かった。蟻は小柄と言えども、地下には迷路のような巨大な秘密基地を構築する。多分、あそこには一つの地下道しかないが、出入りする者は世間で言われる勝ち組だろう。狭い部屋で正月を引きずっている私とは明らかに違う。勝者は次の勝利を求めて早々に働く……蟻以上の野望を持ち合わせているように見えた。自分は蟻にも満たない存在と思えてしまう。

けれど、何もすることなしに傍観すると言えども、それは決して楽な覗き見ではない。趣味の延長ではないからだ。いつの間にか不法侵入者が迫り来るように、得体の知れない虚しい疲労に侵されることになってしまった。記している通り、明らかに重労働を強いられている訳ではない。しかし、それは視覚に潜入する情景以上に、思考と交差する不透明な影を伴うものだった。正体が突き止められない限り意味不明、そして不詳と言うしかない。

けれどもそこにも何かしら意図するものがない訳ではない。隠れた何か、意味するものがあるように感じた。極秘文書か特殊暗号とは言えないまでも、暗示に近いものと言えるかもしれない。というのも、視線の目指す先はややもすれば後を追う尾行者もどきに過ぎなかったが、脳裏に響く曖昧な疑問と不安を交えた感情は多岐なる方向に迷路を造り出していくからだった。

そしてそれらは、吐き出す溜息とともに次第に消失していった。当然のことながら、息を吸えばそれ以上に吐くことになる。この当たり前の、それに酷似した返す返すの反復の連続だったと思う。長い時間詮索という罠に労力を費やし続けると、やがては全身が疲労に呑み込まれるように目蓋が閉まった。とうとう日中の間、声を出すことは一度もなかった。

今、二度目の祈るような食事を終える。噛むことだけの作業だった。何一つ話すこともなく、視界を遮る夜に昼の喝采が消されようとしている。消失しようとしている。静寂になり、光沢のない黒い勲章をかける時が来たようだ。ただ、不注意にも斜めに重ねた皿が連弾のように流れ落ちた様、そしてドアの開閉と同時に追随してきた反響音だけは記憶に新しい。中でも、部屋に残した自身の足音がこれほど不気味に感じたことはない。それ以外は引潮のように記憶の海から遠退いてしまった。それでも予感以上の何かを感じる。

足音には、一月五日

時は私を飛び越していったのか、それとも確実に刻んだまでのことなのか、胸元に突き付けられた凶器を奪い合いながら魔窟のアトリエから解放された時、それは目覚めの瞬間と四十四歳を暗示していた。夢から逃れたのかもしれないし……脱出したとも言えなくもない。それ以外には今を判断する選択肢が見つけられないからだ。

しかし、拙速な結論は危険だろう。間違いも犯すだろう。なぜなら時は何かを示唆しているのだろうが、常に無口で何も語ってくれはしない。今ここで短絡的に自由になったと歓喜するのは、あまりにも思考回路に乏しい浅はかさと再考すべきかもしれない。解放、脱出、自由、それらの根底に横たわるものは、どこから見ても入り口から出口まで異なるものだと思えるからだ。

仮に今日の私と昨日の私はまったく同じようであったとしても、それは物差で比較するまでもなく別個なるものではないか。無論のこと、この私も的確なる分別が出来ないでいるように、個々の見解が多岐にわたることを否定するつもりはない。中には当然のように「それは私の自由」と疑義を唱える者もいるだろう。多分に、いや多くいるはずだ。それもその通りだと思う。認めざるを得ない。けれども、私は同意しかねる。同調も出来ないだろう。最終的には土台からして私とは骨組が別物だからだ。右と判断したものを左とはとうてい言えないではないか。野球界に左利きがいても、左は左であり、右は右であるはずだ。だが、左打者は一塁側に、右打者は三塁側に走り……ましてや四進塁どころか九進塁をルールとしているならば、これは相違のレベルではない。それでも彼らは野球であると主張するに違いない。

私はこの論点については、少なからず持論がある。自由とは現実の中で誰にも発見されることなく、たまたま漂流している沈没間近の難破船もどきではあるはずがないと。尚更、公園に散らばる見慣れた遊具の類いでもないはずだ。であるなら、それはいくら望んでみたとて容易に獲得出来るものではないことぐらいは、自身固く戒めておく必要があるということだ。仮に苛酷な束縛からいつの日か解放されることを懇願し、その結果何かしら切望したものを獲得出来得たとしても、それは辛うじて入手した自由の顔を持った旗印に過ぎないことを再度戒めておく必要もあると思う。

目の前の現実がここに在る。駆け込むことは出来はしたが、ここは保護を可能にするシェルターではないようだ。護衛もいない。勿論、所在地の案内もなければ安全の保障もない。在るのは白という栄光から遠退いた壁紙のクロス、正面を遮る冷蔵庫のドア、防犯備えのガラス窓、重ねたきりの何冊かの本、ハンガーに掛かった皺のついたコート、ささくれ立った畳、そして貼りつけたばかりの今年のカレンダー……全てはいつもの通りであり、日々を共にしている私の部屋そのものだった。電気をつけるとそれが更に鮮明になる。あえて補填することと言えば、今ここで何者かの狩猟対象になり、さんざん逃げ惑った挙句、最後の十字架を振り回すことはないということぐらいだ。

だが、残念なことに待ちわびる朝日はまだ遥か彼方にある。部屋の中は長い夜を引きずったままだ。日の出には暫くかかる。待つ時間はなぜか長い。私は真新しいカーテンを強引に捲ってみた。けれど、長く居座った冷気が首筋に絡み付くだけで、四十四歳のお祝辞などは何も用意されてはいなかった。ただ、永い夜の際限なき迷路に身を置いたわりには再起不能な重症に陥ることもなく、日々と呼ぶべき日常へ生還し、更には定刻に近い起床を果たせたこと……淋しいけれども、それが私への唯一なる賜り物と言うべきものだった。

かくして一日は始まった。朝日を無理やり上昇させ、光を招き寄せ、時間の先取りをした甲斐はあった。お陰で少々先の、誰も所有していない時を占領する特権に浸ることが出来たからだ。無論、透けるほど平穏と不本意が同棲する中にあり、充足を感じる余裕があった訳ではない。不安が増したとも思えるぐらいである。ただ、先行する意志が半歩先を歩ませてくれたことだけは間違いない事実と言える。

思えば他にも自己防衛の選択は幾つかあったのかもしれない。方法は限りなく、手段も無限にある。常に用途も多様にある。それによって得られる果実さえ変わってくるだろう。だが、悔しさも残るが、今の私にはこの不安を払拭するにはそんなことしか出来なかったのだ。情けなくなるとはこういう状況だろうが、しかたがないだろう。今はそれだけのものでしかない。

しかし、全ては見え透いためくらましの策に過ぎなかったようだった。二歩先は見えなかった。三歩先はもっと遠かった。夢の中での敵対者、それが何者であろうと、謎解きには少々時を要し、追跡には手間がかかるに違いないと身を寄せた奇策ではあったが、それさえも容赦なく砕いてしまう他の現実が待ち受けていた。目先にある現実にも裏表、そして表裏があるようだ。それらは皮肉にも想定外の現実なるものを着々と誕生させる。同じ表裏一体は二度となく、そしてやっても来ない。意外に日々気付いていないことだ。現実の実態は哀れみに近い情けが注がれることはなく、時間の中で事実と冷酷さだけが飛びかう世界だ。

時は午後を回っていた。太陽が何の抵抗を試みることなく人質となった後には、私は眼底の奥まで突き通す暴風にとことん追跡されることになった。北風なのか、北西風であったのか、それはまったく説明が利かない。けれども暴音を伴う突風は路地に侵入するだけでは物足りず、ゴミを舞い上げては蹴散らかし、盾となるもの全てを除去する意志を告げていた。威嚇は時に肥大膨張し、幾つもの空きカンを容赦なく転がしては跳ね上げ、正月飾りにいたっては踊る暇もなく地面に叩きつける有様だった。何度目前に迫って来たことか、四方から街を幽閉し、迎撃をさせない先制打撃らしきものが。おそらくあれは成功という爪痕を街の通路に刻印する為の地上掃討作戦だったということになる。

そんな真冬の狂気が渦巻くさなか、内偵者が疑惑の内幕を依頼者に暴露するが如く一筋の記憶が私に囁いた。それは会議の席で議題が討論されている中、真意は真逆ではないかと隣人が隣で呟くようなものだった。

私は、そんな中でまったく動きをなさない指をポケットに差し込み、仕舞いこんだメモ用紙を取り出そうとした。その片隅には三日前に二行ほど意図的に、あるいは挑戦的に何かを記したはずだからだ。二本の指が互いにもつれ合いながら紙を引き出す。指は神経を奪われて昏睡状態。動かない。冷えきっている。突如、三重にねじられた紙が音を発して震え出す。

「…………?　…………!」

瞬間、紙は風の煽りで引き抜かれ、路上を急滑走しながら去っていった。私は慌てて振り返り、追跡の果てに動きを封じ込めた。背中が寒風の矛先になる。今までの向かい風が背中を叩きつけている。肩を押している。間違いなく追い風になっている。これはいったい……言葉にならない叫びが耳を掠めていった。突如狂乱に陥った訳ではない。一瞬の驚きであったような気がする。今、この場所で何が起きたのか?　驚くような事件なのか。私は息を殺しては体を引きずり、後方を恐る恐る振り返った。すると頬を突き刺す風はまた向かい風のまま吹き抜け、一方通行の音だけが響いてきた。背後では何も起きなかったように。新年早々の……僅か二三時間ばかりの出来事だった。

今日は、あれもこれもと記憶が生まれては交差する。朝の目覚めから午後の嵐、そして僅かにかすめて行った何かと一枚のメモ、その中に私の詮索するものが在り、手掛かりが潜んでいたのかもしれない。だが、全ては去っていっただけだった。分からなかった。結局、私は何も変わってはいない。

何かが、一月六日

気分を害したのは、髭を剃っている最中だった。突如襲った発作のような気がする。私は唇から唾を吐き捨てるようにシェーバーを跳ねとばし、鏡を割ってしまった。その後は全ては静まりかえり、痙攣と覚しき症状が宿ることはなかった。

午後、一通のハガキが届いた。差出人は不明。裏には〈悔い改めよ。裁きは近づいた〉と警告されていた。神を信じなさい。遅くはない。罪があなたの内に宿っている……詳細なる記述は削除されていたが、そう断罪しているのだろう。

だが、大胆にも罪状を宣告をするにあたって、いかなる罪があり、何を懺悔しなければならないのか。それは記されていない。卑怯な手口だ。詐欺とも脅迫とも言えなくもない。無論のこと、魚や虫を殺した類いならば捜索令状を待つまでもなく心当たりは数限りなくあることになるのだが。

それ故に、送り主にこんな反論をしてみたい。罪の有無とはいったいなんぞや、と。信じきって救われることになるのであるならば、それも一つの提案としよう。けれど、行き着く果てまで騙され続けられることもあり得る……その時にはそれは如何なる罪になるのかと。信と疑は光と影に近い。月と太陽とも言える。信をもって疑だけを捨て去ることなど誰であっても出来ないはずなのだが。即刻返答して頂きたいものだ。

新年からのページを捲った末に数行となる今日が僅かな脈拍で終わる。その出番と瞬間が私の背後で待機中だ。断定こそ出来ないまでも、予め盛られていた積木から一日が間もなく抜き去られる。新年から実態が分かりかねる七日を差し引き、はたして何年と何日が私と同居することになるのか……それも誰も分からない。そして教えてもらえない。

長年愛用し続けた時計は、午後十一時五十九分をもって停止した。だが、私以外の時は歩むことを止めてはいなかった。

時間を考えた、一月七日

駅の自動改札機、誰がこんなものを考案したのか。二枚の板が閉じた時の衝撃が鮮明過ぎて、そこを通る度に待ち伏せされる恐怖を感じてしまう。何度確認しても、出口が閉鎖されるのではないかという不安から今も抜け出せない。

ところで、帰りにミニ薔薇の鉢を買った。花屋の主人は名前をつけてくれ、と言っていた。薔薇に名前を……《無口なリリー》とでもつけようか？

永遠の名前をつけた、一月八日

コップは、落ちると共鳴する衝撃音とともに砕け散った。私は腕組みを繰り返すだけで、それらの破片を片付けることが出来なかった。体が停止してしまったのだ。それ以上に、瞬時に原形を無くしたコップの余韻が星のざわめきのようにどこかに留まっているような気がしてならない。もしかすると、二日前に突如罪人にでっちあげられたあのハガキの一説、『執行猶予』という脅し文句に怯えていたのかもしれない。あれは明らかに悪ふざけを通り越した悪質な脅迫状だ。

しかし、いずれにしても何か、それが何であったのかを把握する術はなかったが、まさしく何かであることを自覚したのは新聞を抜き取り、部屋のドアを二度もロックした後のことだ。それは料理を食べた三十分後の舌ざわりに似たものだった。少しばかりの推理、そして途切れそうな憶測に寄り添うならば、世間並みで十分と思う呪縛なのか、それとも不自由なる体に寄生するものなのか……しばしの間、重力が抜け落ちた詮索の旅に入らねばならなかった。

けれどもである。味を顧みずタバコをふかすだけの巡礼の旅は、残念ながら一向にそれらしき核心に辿り着く気配さえ持ち合わせていなかった。むしろ軌道無き思考の果てに、三本も灰色の焚火にするだけの労力に寄与するだけだった。いわんや碧白い煙幕の帯は、窓から差し込む光の枠にしばしの間納まっていたが、いつしか私から遠ざかる遊泳の旅に出て行ってしまった。

だが、私が改めて四本目の狼煙をあげようとした時だ。昨日理髪店で私を襲っただるさといい、デパートの中の不快感といい、今しがた感じたものに酷似しているのではないか、と身元不詳な曖昧さがどこかで凝固を起こしていることに気づかされた。出会いの予感から出会った確信のような気がする。まさしくそれがあの不快な吐き気だとはっきり断定こそ出来ないまでも、意識に何かが植え付けられて肉体化している。かつて実感を伴う何かが身内の背後に滑り去っていく中で注視したもの……奮闘及ばず最後の捜索は棄権したあのだるさといい、この私のどこかに停滞する不透明な形象は、それらとまことしやかに共存しているような気がしてならなかった。

今、思い当たることが幾つかある。それは償いの要求か、それとも一方的な脅迫なのか、と言うことだ。しかし、それも断定するには不鮮明過ぎる。そしてどこか腑に落ちない。結局、どれもこれも、あるいは何から何まで私の周りの全てが事前承諾のように密かに繋がりつつある……それが一番妥当な推測のような気もしてしまう。

理髪店ではこうだった。「短くして！」という一言に、店主は鼻歌交じりで髪を落としていたのだ。それはどこそこの店と何の変哲もなかったし、別段気に病むほどのことではなかったはずだ。ただ、あの時意識に何か変化があったとすれば、〈短くする、それは何かが変わる〉という願いを密かに抱いていたのかもしれない。老年店主の息切れした鼻歌や耳脇で鳴り響くハサミの連続音に惑わされていたのでもなければ、口元に流れこみそこねたスプレーの雫と臭いに脅迫されていたのでもない。ましてや何度か目蓋を僅かに開けた瞬間、鏡に宿った私は、私の期待したものではなかったが、反して声高々に否定すべきものでもなかったのだから……。

散髪はさしたる要求をしなかったせいか、予想外に早く終わった。今思えばあのだるさはその直後に起きた気がする。もし、あの時私に後悔すべき過失があったとすれば、あの発言以外にはありようがない。だが、あの一言のどこに非があったのだろうか。店主は軽い笑みを浮かべながら櫛を置き、全て完了の含みを残して私を立たせた。私は垂れ下った目蓋を開かざるを得なかった。その際も私の胸はざわめき立ち、卑劣な詐欺にでも遭ったかのようにひどくむかついた。

・・・・・・・・・・・・・・

デパートの中で起きた一齣も同じことが言える。「お勤め帰りですか」という問いかけに戸惑いを感じたのだ。店員は一呼吸おいてこう切り出した。

「今までお仕事ですか、働きますね」

それに対して、「勤労感謝の日に生まれた宿命でね！」と返答した。それは瞬時の判断とともに挨拶交じりの返しに過ぎなかったはずだ。けれども、なぜそう易々と意味深な発言をしてしまったのか、おろかにも後々まで悔いを残す失態に自らはまってしまった。

私は一本のネクタイを手に取っていた。縦から横縞にいたるデザイン、値段、そして持ち合わせのスーツの色合まで再往復を繰り返し、相関なるものを三角形にまで結びつけたあげくの着地だった。しかし、意に反して店員はこう追随した。

「もっとハデなほうが！」

「………？」

声にはならない喉声を吐き出さざるを得なかった。どう表現すべきなのか？　しかし、それは疑いなく私の中のどこかで起きた内的なことではあるが、あまりにも嫌悪を感じるものだった。妙に重みがあり、冷たくて色もなく、それでいて私の体に隙間なく密着していた。私はいち早くそれを爪で引っ掻き、一気に払い退けようとした。だが、それは持て余すほどの体積がありながら、私の指先からするりと抜け去り、収縮するゴム紐のように体のどこかに寄生しつつ消息を断ってゆくのだった。そんな爪弾き、けだるさ……体調不良か、いや不快と言ったほうがよいかもしれない。

そんな不快、その中で……そうだと思う。何かが間近に在り、何かしらの遭遇をしたのだ。思い違いではない。すれ違いでもない。現実に、そして間近にあった。とうとう扉は開かれたのか。それとも何かが流出したのか。そうだとしたら、私の「？」はまるで期待をこめただけの推測に近かった。けれども、今やそんな出会いの予感など既に置き去りにされた過去の不発弾のようだ。

親展で送られてきたのは、『昨今の事情にて……』と丁寧に印された希望退職の案内だった。以前からうすうす予測していたことには違いないが、ここに素通り出来ない地雷として私の前に立ちはだかった。やはりそうであったか、そう言いたい。これは思案するだけでは解消出来ない難問だ。いずれこの件についても身を削る結論を出さなければならないだろう。試行錯誤の連続であろうが、考え抜いた果てに。自身の決断で。

コップが割れた、一月九日

自動販売機に三度もコインを入れ間違えたのは、偶然だろうか？　それとも私の内で再度未解決事件が再発したのか？　河川沿いで写真週刊誌を小脇にかかえたホームレスが、ハーレムのようなテントの背後でニヤニヤしながら私に投げ掛けたまなざしに起因しているのだろうか？　私は散髪は済ましているし、スーツや靴は勿論のこと、あの男達に笑われる理由などあるはずがないと思うのだが。

それとも強風に舞った紙が女の足にへばり付いていた有様を、身を乗り出してまで覗いた後ろめたさからなのか？　確証は何も無い。けれど、記憶の中に鮮明にぶら下ったこと、私の意識に少しでも不意打ちを食らわせたものと言えば、予期せぬ遭遇ではあるが……多分にそうに違いない。

確かにあの巻毛に似た紙は想定外の意志を持っていた。それは否定しようがない。どこからやって来たのかその素性は知らないが。初めは看板の根元で小さくなり人見知りをしている新入社員のようだった。

しかし、一旦風のあおりで宙を舞うと、まるで危険知らずの暴走族が投げ捨てたポップコーンに変身してしまった。鉛色のアスファルトを前転とジャンプで跳び越えると、ガード・レールを軽々とまたぎ、更に車輪の下をくぐり抜けては、苦節の果てに待ち焦がれた再会を披露するかのように電柱に近づいていった。その後は風の援護をもらって、恐いものなし。過剰なほど翼を拡げては根元に巻き付き、縄張りを主張して上機嫌だった。

機嫌が良ければ舞は続く。紙は度を越して街路地の女達に擦り寄っていく。だが、彼女達と突如現われた紙の風雲児に挨拶を交わす交友関係があるとは思えない。無論、敵対関係もあるはずがないが。彼女達は必要以上の強引さにおののき、蝿でも払うかのように紙を押し退けようとする。まるで無声映画の再上映に似た押問答だった。

結審はないが最終章はその後、すぐにやって来た。一人の女が足元から憎々しく紙を引き出すと、その紙は原形を無くした粘度細工のように圧縮されていた。それは瞬時にして生まれては消滅した出会いの結末だった。

・・・・・・・・・・・・・・・・・

ところで、昨日の件は何と理解すべきなのだろうか。単に一つの事実であり、あれやこれやと詮索を行うことではないのかもしれない。端的に言えば、見えうる限りの視界に描写された風景の一齣として、放棄してしまえば映像を持たない空気の一部としてけりがつくことだろう。無論、そんな回顧劇など二度と再会しないであろう遠方に後退しているに違いないのだが。

けれども、最後にいたる前に、あるいは中和される崖際で、どうしても何かしらの疑問符を放つしかない。疑問とはある意味で控えめな挑戦状でもある。疑問とは生まれたその瞬間から底無しの泥沼でもがくことを承知で発することである。また一方で、自らもがいた中で何か得るものがあるのかどうか。それこそが不透明な難問である。多分……。

私は、声を抑制した公園前のカフェで、熱いミルクを無理に飲み干した。そして一人錆びた膚を曝したベンチの前に立った。光に反応しない公園の景色は人々を追い払い、何人かの男が背中を丸めて通り抜けるだけだった。在るのは四角いベンチと、投げ捨て去られ、朝霜で無防備に膨れあがったスポーツ紙だけ。私はベンチの隅まであえて近づき、日付に眼をやった。そして邪魔であるかのようにその新聞を押し退けて、腰を降ろした。膨張した新聞は、いつまでもそこに在った。動こうとはしなかった。その気配さえも感じなかった。私が移動させるとそこに移り、私と隣り合わせに身動きせずいつまでも在った。

私は、いつしかその新聞をこの手に取らねばならなかった。それは身近な誰かに強制された訳ではないし、義務を帯びていたのでもない。必然的に私の脇に在るという無言の何かが在ったのだ。無言とは何も発しない訳ではない。新聞は目前に近づけると水を含んで丸まっていたが、手元に引き寄せると意外に従順で柔らかい。けれど、表に見える見出しは大成功のロールシャッハ・テストと錯覚させるばかりに滲んでいた。指は本能的に最初の一枚を捲らざるを得ない。まるで配布された薄いシールを剥がすかのごとく慎重にかつ丁寧に捲ると、隠居していた一面が色付きの顔となり、その延長には格闘家の容姿とスキャンダルが長屋の見取り図のように眠っていた。

記事は面白かった。いつしか誘惑は興味に呑み込まれる。私は、爪を押しあてて容易に剥がそうとする。ところが、新聞はあの糊が剥がれる心地よい音とともに、私にたった一枚の成功を与えてくれはしたが、残された全ては前後の法則もなく破れていった。指紋が鮮やかな消印になるほど軟化した紙は捲っただけで四枚も重なって剥がれ、その動作を何度か繰り返した後には順序などとうてい判別出来なくなってしまうのだった。破れた紙は二度と繋ぎ合わせ、元に戻すことは出来なかった。これは事件と思うのだが……。

時間は戻らない、一月十一日

朝は遅いし、昼は早い。日中の明るさのなんと時間の短いことか。冬は暗い曇った余韻だけが蓄積される季節である。

思えば毎年のようだ。区切りのついた年が始まる度に、謹賀新年と本年の抱負なるものを述べるべきものなのかどうかを迷ってくる。無論それは酔いが回る麻酔薬が注入されての話ではあるのだが。それが今年は興味も湧かず疑問に思えてきた。

つまるところ、今の私には今年の抱負を語る術はない。話すことがない訳ではないが、話したい話題がない。よって、新年会は『欠』としよう。これが最善で……ある。

他人は私ではない、一月十二日

今日も夢を見た。それは穏やかで、ちょっとはにかみを感じる至福なものだった。しかし、夢の中では溺愛されたというのに、目覚まし時計が騒ぎ立てても瞼を開けることが出来なかった。それは夢の疲れを感じていたからではない。詳細はともかく、夢の残りは終焉なくこれからも続く。むしろ、瞼を開けた瞬間に演じられる朝のドラマや眼の前に出現する部屋の一つ一つと鉢合わせしたくないという単なる臆病なものであったかもしれない。

あるいは他に……勝手に想像しているのは自分だけか……それは極度な思い込みだと言われるだろうが、何かしら擁護したいものがある。私は瞼を閉じたままでも方向感覚や物の位置は十分に把握しているのだと、意識は宣言したかったのかもしれない。それがたとえ一人であっても。むろん私にはそんな特別な素養など持ち合わせてはいないのだが。にも拘らず、疑うこともせず五十五度の角度、四十センチ先の何かに手を出した。なぜならそこにはリトグラフ風の装丁に包まれた本が在るはずだからだ。私は親指と中指の間の僅かな未知領域を期待の中で縮めた。だが、何の手応えもない。いつものようではない。拍子抜けを感じる。私はもう一度確かめた。今度はちょっと優しく温かいものに触れたようだった。けれどそれは互いの指同士だ。それは腕が身をもって忘れていない……まさしく四十センチほどの所に在ったはずなのだが。いや、在るはずだ。

私は肘を広げ、さらに手を伸ばしてみた。肩の骨がねじれて音をたてる。在った！　私は指が何ものかに達したことが分かった。それは本だろう。いや、本だけがそこに在るのみだ。意識は一切を封じて自信をもっていた。それは冷たく、堅く、スルスルしていた。私はそれを一気に取り出そうと爪先に力を入れた。だが、指はそれを掴みはしたが、音をたてててしくじってしまう。滑った指が重なって摩擦音を立てたのだ。あの本はそれほど重いはずはない。私にはそれは経験上かなり確信があった。私は何度も同じ反復を繰り返した。しかし、それは脂汗が塗布されているようで、反応はやはり同じものだった。おかしい！　……私はそれを上から下に撫でてみた。広い平面があり、直角のような角もある。まさしく本だ。私は小指を降ろしてみた。やはり鋭い縁があり、同じ感触を示す。

私は下の方を持った。重い！　小指が引っ掛かる。垂直な面にもう一つの面が真下で合体している。大きい！　これは本ではない。ではいったい何なのか。そこに本以外のもの……それは考えられない。昨日の朝も、そして昼も夜も在った。確かに在った。色褪せした表紙に包まれてある著作集の脇に在ったというよりは大胆に在った。他の本より厚く、威厳があった。それ以上に白い題字はひときわ目立ち、文庫本にひんしゅくをかうほど私の注意を引きつけてそこに在った。

だが、それ以外に何もないはずの場所に記憶を粉砕する動かしがたいものが実際に存在している。私の指の先で突発事件とも言うべきクーデターが起きたのだろうか。

ある面で……いや、虚構に寄り添う妄想を極限の域まで肥大させるなら、それはいかなる想像の枠にも納まらないということではない。けれども、今の私は夢から覚めると毒虫に化身したあの愛くるしい主人公では毛頭ない。いわんや奇怪な甲羅を身にまとい、仰向けになり、突然変異にのた打ち回ることなどとうてい受け入れる訳にはいかない。

まさか……？　……私には手がある。そして足もある。私は恐る恐る手を差出し、それを叩いてみた。するとその物体は鈍い音を返してくる。いったい、これは何なのだ。たとえ一冊の本と言えども、この私の手元で承諾という命を吹き込まない限り、用を得ない紙でしかない。だが、容認無しにも拘らず、手を伸ばすとそれが在る。それは自己否定の是非に拘らず物として立派に存在している。今、私の手で肝心な本を取り出すことが出来ないということは……意識は完全に思考停止に陥ってしまった。
私は重い瞼を無理にこじ開けた。
《……？　……！　……ホンダナ、ほんだな、本棚》
驚くほどのことはなく、それはいつもの本棚だった。本棚は、お目当ての本を載せて黙ってそこに在った。移動することなく私の意識の外で前もって存在し、今もまた厚い板を張り詰めて現前に存在していた。私は、いつの間にかこの本棚を意識の外に追い払い、間引きしていたか、無視していたことになる。何の為にかは、理由も見当もつかないが。しかし、それが私を混乱させた最大の謎と言うべきものだ。忘れ事にも満たない……取るに足りないことではあるが、見逃せないことだと思った。

私の外にそれはあった、一月十四日

人生は後半戦が面白いと成功者がよく言っているが、本当なのか？　信じるべきか、疑いが無い訳ではない。アメリカ映画であればクライマックスはハッピー・エンド……ハリウッド・エンディングと呼ぶようだが、はたしてそうなるものなのだろうか。努力次第ということだろう。とにかく最善を尽くすしか手は無いようだ。確かにどんなに悔いが残ろうが前半戦には戻れないのだから。

星が遠退いて一時間、バスを待つ人の白い息がタバコの煙に見えた。マイナス三度の中を霊柩車が二台続けて通り抜けて行った。寒いというよりは、冷えた静寂が多すぎてどうにもならない。この視界の、あるいは近くに何かがあるような気がした。

何かが通り過ぎた、一月十五日

一月十六日、何かしらの訳があったに違いない。遅れた詫びを付記し、新年の挨拶が届いた。おそらく、これが今年受け取る最後の年賀状になるだろう。

日中のこと、可能ならキャンバスにそのまま描いてみたいものがあった。もし一眼レフを持っていたなら、シャッターを切れ、と叫んでいただろう。それはみずいろの空を移動する純白な雲の塊だった。何とか一部でも描写することは出来ないものか。悔しい。後悔しても遅いことになるが、絵画の勉強はしておくべきだった。私には描く能力がないが故に、より一層そう思う。

反して無性に嫌悪を感じ、抹消してしまいたくなったものは、代議士の不倫疑惑と芸能人夫婦の虚言に近い記事だった。週刊誌に炙り出された忖度や消えた現生の行方より快楽の誘いに溺れた虚像が嫌気をもよおす。ましてや自己擁護の釈明など聞きたくもない。不倫の記述など世界中のスキャンダルを持ち出すまでもなく……ましてや現代ともなれば性の痴呆になったとも気づかず、その美酒を飲まずにはいられなくなった中毒者など世間には限りなく転がっている。選挙前であるからには真しやかに虚言を垂れ流し、有権者に媚びを売ることは常套手段としても、選ばれし者の冠を身に着けた後ともなれば連日マイクで訴え続けたあの抱負とこのギャップには選挙の矛盾が充満している。

おそらく解毒剤も持たず、濃厚で秘めたる性酒を呷った結果、ギャンブル依存のように密会する魔の症状になったに違いない。大脳生理学をもって病魔を炙り出す必要もない。いかに高学歴を築き上げようとも肉体の腐が精に食い付いた時、人は裏仮面を被った偽善者になってしまうことを暗示している。彼らは麻薬常習犯と同じ地平線に並んだ。今後、マスコミに散々追い回された挙句、跳び箱のように階段を登り詰めた快感とは裏腹の失意の鞭打ち症に……おそらく役職の辞任は勿論、離党勧告、次回の選挙の公認取消し、無所属で出馬して落選というどん底を味わう……そんなことは分かっているはずだ。

芸能人夫婦についても、ここまで世間の常識を逸脱してしまえば変人どころか異常なる二人に見える。元々自制を持たない同士であったのかもしれないが、単なる掟破りを通り越し、知能指数を疑ってしまう夫婦にしか思えない。それでも時に芸能界は、飯のネタに奇想天外な話題をばら蒔くことも戦略のうちにあるだろう。まったく無いとは言えない世界でもある。ただ、もしそうだとしても、相応な歳をした大人が暴露合戦の騒ぎをすることではない。少なくとも彼らでさえも現在にいたるまで常識や謙虚という規範をどこかでは学んできているはずである。けれども、それを今まで理解出来ずにいたのか、あるいは何かを学んでいたとしても、そうではない見当違いの自己空想を食していたのだろう。

それに比べれば連載を続けるふぐ中毒事件の真相と暴かれる裏社会、完全犯罪を成就させようとした極秘工作の真相解明の記事の方がはるかに読むに値する。最初は慈善活動の純粋きわまりないものであったものの、たわいもない経緯から金の問題に展開し、後に欲望が交じった計画殺人に進展していったものの方が興味深いし、読破に値する。

夜、友人Zと酒を飲んだ。最初のビールはかなり旨かったが、三杯目にはさしたる味を感じなかった。いつものように近況を話したが、淡々と働くZは日々の不満を口走ることもなく、野心に満ちた将来の設計図を振り回すこともなかった。何かを今からあえてしようとするのでもなく、決してこれから何もしないわけでもない。日々の生活をこつこつと送ることがZの美徳なのだと思った。

Zは、「時間がかかったが、目標の額に達したので親孝行をしたい」と控えめに言った。「それは喜ぶだろう」と私は同調した。外では綿のような雪が舞い、白黒の世界を案内していた。夜は静かだった。


一月十七日、日陰の屋根には雪が残り、昨晩の延長が日中に介入していた。朝から宅配ピザのチラシが投げ込まれ、十時を過ぎた頃には廃品と新聞回収車が音声を上げて競っていた。昼過ぎには身分証明書を提示して国勢調査員が訪問して来た。どこの誰なのかは知らないが、説明は丁寧なものだった。

春はまだ遠い。けれど、リリーに小さな蕾が宿った。近い内に小さな赤い花が幾つも咲くだろう。リリーと笑顔で乾杯する日は近くなっている。祝いの言葉を用意しておこう。

四階建てのビルが解体される前日、どこからか無数のヒヨドリが集まり、歓声なのか追悼なのか分からぬ程一斉に泣き叫んでいた。二階まで解体された当日には、カラスが瓦礫をまたいで鬼ごっこをしていた。全てが解体された三日目には、雀が嬉しそうに何度も高跳びをしていた。

彼らに何があったのか。それとも偶然なのか。それは分からない。けれども、現実に一つのビルが無くなった。あのお茶屋も雑貨屋も、そして楽器屋も。私の脳裏に、この消失した現実を過去の映像とともに再度重ね合わせなければならないことになる。私の意図したことではないのだが。見ずして、知らずにいた方が平穏であることが多々あるような気がする。

・・・・・・・・・・・・・

西欧の科学誌は、強調している。表面の凹凸からしてほぼ間違いなし。百億年前ではあるが、金星にはかつて膨大な水が存在した、と。信じるか、否定するか、それとも沈黙すべきか、それは読者の自由。そして私の自由でもある。

三十年の研究結果だというが、なんとも宇宙を逆転させるような記事であり、夢中になりそうだ。仮にこれが正真正銘事実であるとするならば、この太陽系には数えるには程遠い歴史と千変万化に等しいどんでん返しが存在したことになる。そして何よりも、金星から消え失せてしまった水。それはどこに行ってしまったのか？　大いに好奇心をワクワクさせることであった。

私は言いたい。もし、私の独断なる推測が許容されるなら、その水は今この地球で泳いでいることになる。おそらく金星の水は、太陽の高熱で全て気化される運命を辿ったのに違いない。そして永い旅路を永遠とさまよい続けたが、地球の重力に引かれ、月をかすめて辿り着いたということになる。ある放送番組で紹介されていたように、一時間に百ミリ以上の雨が四百年間降り続き、海が誕生したというのは、このことなのかと頷くこともできる。それ以外には考えられない。こうも永い間降り続かない限り、この量は蓄積出来ないはずであるからだ。

そして生命体はいかに……これは難問中の疑問であり、永遠のテーマに違いない。だが、私は思う。地球生命体の源は、宇宙から運ばれた遺伝子であると。もし惑星変動という大変動が遠い未来に再度あるとすれば、それは地球が止まる日でしかないだろう。停止でもあり、静止でもある。そして終わりであるだろう。それを厳密にして、且つ詳細に記述しようとすれば、灼熱の嵐が氷河を融かし、雷鳴轟くマグマの炎が大気圏まで燃やしてしまうことだ。残された大地は有毒ガスの火の玉と化し、全ては無に満ちた無に覆われるだろう。その時、行き場を失った水は天の川以上の輝きと旋律をもって木星に流れ下るはずである。

水、それは宇宙を巡る染色体だ。どんな生物を誕生させるかは、その惑星の温度と軌道周期にて全てが決まるはずである。地球にもそれがあったのだ。今の生命体はその恩恵の賜であることになる。故に木星が数百億年かけて一世を風靡したあのヴァルタン星人を生み出しても、何の不思議でもないことになる。なぜなら、かつて全国の少年達を虜にしたテレビのシナリオによれば、彼らはヴァルタン星がスペシウムで滅びた後に水を求めてさまよい続け、辿り着いた惑星が地球であったということなのだから。しかし、何故なのか彼らは、分身の術を使う宇宙忍者に祭り上げられてしまった。

ヴァルタン星人と言えば……ザリガニからヒントを得て二本足となった宇宙人である。口も持ち合わせている。いったい何を食料としているのやら。大声でバリトン・ヴォイスの合唱をする訳でもなさそうだ。ザリガニは生活の大半を水の中で過ごす水中生物だが、彼らは地球をどうするつもりだったのだろうか。水を求めてやって来たのであれば、何も攻撃を交えた征服に着手する必要はなかったと思われるが。

対して、地球を、特に日本を守るウルトラマンは、口はあるものの何も食しないで生きているのか。鼻は何の為に……宇宙には酸素はないことになっているが、呼吸の為とはどうしても思えない。客観的に、いや冷ややかに見れば、辻褄など無視した設定ばかりであった。けれども、理屈はともかく、瞬く間に夢中にさせられた番組であったことだけは間違いない。架空の世界とは、現実の裏返しということなのだろう。

・・・・・・・・・・・・・・・

ところで、もし私がSF映画を創れと言われたならば、出来る出来ないは確信を持てないまでも奇想天外な脚本を書いてみたい。論理的ではないものほど……人は好奇心を掻き立てられるのかもしれないからだ。

時は二十五世紀の後半、人口は九十九億に膨らんだ。平均寿命はとうに百歳を超え、世界の最高齢者は二百二歳の誕生祝いをしていた時である。諸国を見渡せばアマゾンのジャングルには地下鉄が走り、後進国であり続けた地域も冷暖房完備の超高層ビルが見上げるほど立ち並んだ。中国は国の存続が危うい状況になっていたが、国家資本を餌として半端な国々に謝金の見返りを迫る共産国家となり、アメリカは自由主義が裏腹となる共産党譲りの国家社会資本主義になっていた。時代は何もかも時とともに大きく転換点に突入していた。何がそうさせてしまったのかは、誰しも詳細な論説に辿り着く余地はなかった。肌の合わない自由主義と社会主義……そこに潜む理念と現実が、融合出来ない矛盾の蓄積であったことだけは間違いないのだが。それは独裁による共産主義の国家権力に対し、金・権力・自由・平和、そして個人の自己主張、それらが妥協の限界に達してしまったということも遠からずの回答の一つになるだろうし、自由主義国家の行き着く果ての究極の矛盾とも言えなくもない。ともあれ金という概念が富と権力の究極なる象徴として存在する限り、どんな世界に辿り着こうとも、社会そのものは期待するものとは相反する方向に向かい、永遠に貧富の格差という矛盾だけは解消出来ないことを立証していた。

それらの代表例が、かくの如くである。中国は国をあげて戦略を練ったものの、所得格差という不協和音が倍増する。平民は平等の基本理念をうたい、一方で富裕層は更なる富を求め全資産を売却してアメリカに亡命する。当局支配が崩壊したのである。一方でアメリカでは、歯止めの利かない実力主義と国家社会主義に失望した失業者達がありもしない当局戦略の宣伝文句に騙されて、中国帰化を夢見てしまうことになる。いわゆる人種の入れ替えというものである。それでも最終的にはどちらにも、歓喜するほどの合理的な利点は生まれはしなかった。失職し、没落する者が多くなったほどである。悲しい未来の破壊劇である。

その他、劇的に侵入した変革と言えば、各家庭の生活、それは大きく様変わりしたことだ。人類誕生以来引き継がれてきた愛という幻想は消滅し、男女の入籍という実態は三%にも満たなくなった。男も女もトラブルの最大原因である男女関係を出来る限り回避するようになってしまったのである。メリットが無くなったと言える。婚姻は複雑な拘束を生み出すだけであって、長所となるものは何も無くなったからだ。結論を言えば、それ以上に個人の生活が重要視され、婚姻に絡む長所が無くなったとも言える。つまり、相手を頼りにする必要がなくなったのだ。個人行動と主義が安全なる最善の近道であり、一番であることになった。なにせ慰謝料といった騒動に巻き込まれる必要が無くなる。個人は自己自身の判断と結論で事足りる。個人の権利をどこまでも追求すると権利が膨張し過ぎ、それでいて婚姻は何も保障されることが無いばかりか失うものが膨大に膨れ上がっていくからである。仮に相手に特別な期待をしたとしても、義務と弊害ばかりが立ちはだかり、何も見返りというものがなく、背景にあるのは計り知れない補償という名の損失だけが待ち受けている時代になってしまった。

二十五世紀では、それどころか想定出来なかった日々の必須アイテムが続々と誕生する。人工受精の誕生は頻繁であり、富裕層は精子と卵子の選択まで可能であった。直接的な生殖活動は二割程度になってしまった。また、それが叶わない貧困層であってしても、たまたま出産した家庭の育児は人工保育器に任せるばかりでなく、毎日使う調理用ロボットがフル活用され、主婦が雑用をすることは特別な極秘事項や犯罪集団でもない限り垣間見ることは皆無となった。車や電車は勿論のこと、タクシー、乗合バス、トラック、郵便、宅配、航空、運送業者まで自動運転の世界になり、金融業やホテルまでその波に呑み込まれていった。高精度の機械に比べれば人の能力は労働に値しない時代になってしまったことになる。既に人の価値などは機械以下となり、不要な人材ゴミになってしまった。無論、医療分野の診察もテレビ問診となり、ドクター問診は過去の世間話になってしまった。

空を垣間見れば、三千人が乗車出来る三艚三重仕立ての旅客機が飛び廻り、地球一周を二十時間で飛行する時代になった。とは言っても全てが思う通りに進行する訳ではなく、一方では、空にも交通渋滞が蔓延し、致命に至らない事故が日常茶飯事のように跡を絶たなくなる。ついには年に五回の旅客機の正面衝突、そして地球の衛星軌道を回る宇宙船同士の接触まで招く結果に突入していた。

これはＰＣに対する行き過ぎた過信の現われであった。統計と計算、そして過去の経験の蓄積による助言に留めているならば、参考にはなる誘導を安易に導き出せたはずであったが、過度となる膨大な情報を集めては完全無欠な判断を求めた為でもあった。地球環境の全ては計算によって尽くされる程完璧ではない。円周率がいつまでも解決できずに停滞していたように、全ては完全なる絶対値ではないということである。気が付いていない現象や不規則に生じる自然の猛威は経験によってＰＣに記憶させることの繰り返しである限り、そこから完全無欠の回答を引き出すことはとうていミスを誘発することになるのは当然のことであった。ＰＣに一度、あるいは一ヶ所の回路不具合が発生し、狂ってしまった状況判断は人の勘違いにより極めて重大なる結末を招いてしまうことも珍しいものではなくなった。地球に存在する四次元の世界とその四次元で生じる幾多の現象は、未来でも完璧に解明され尽くしてはいなかったことを暗示していた。なにせ落雷の電流の蓄積さえ、科学が進歩したとはいえ、不可能であった。思い起こせば二十世紀中に忘れられてしまったが、人が感じる危険感情は必ずや発生するという予言付法則……単純過ぎる推測だと忘れさられた二十世紀のマーフィーの法則とて軽視してはいけないということだった。

その上で、解決出来ないことが多々あるにも拘らず、科学の進歩は社会の大構造改革を再構築させてしまうことになる。このコンピューター限界説とその主張は、誰しも加入し続けた保険制度の終焉を招く発端となっていくことになる。最初に打ち切られたものは、旅客者に対する死亡保険である。交通手段が何であれ、額面金額がそのまま満額支払われることはなくなった。コンピューター判断の信頼性が疑われ始めたからである。支払い、そして補償をいくら貰うかは、当事者間の裁判次第になってしまう。こうして移動の手段そのものは自己責任となり、保険会社は姿を消していった。もう保険という仮の保障制度自体が維持継続が出来なくなってしまった為だ。つまるところ、コンピューターと言えどもあらゆることの万能指針ではなく、重ね過ぎた処理能力と状況判断には限界があることは勿論、人為的な経験の介入を疑いをもって否定し続けた結末でもあった。

同様のことながらライフ・ラインも全て変貌化した。街に視線を注げば、いたる所で見かけた過去の乗り物は博物館の展示見本となり、走るもの全てが指紋照合による全自動になっていた。オフィスには書類の類いはなくなった。但し、通信障害による事故やアンドロイド・ウイルスによる悪質且つ詐欺ビジネスが皆無になったわけではない。むしろいたる所で増加の加速は止められない状況になっていた。ただ、過去の回顧録の一つに過ぎないが、この時代の価値からすれば二十一世紀はあまりにも原始的な生活を送った遠い過去であり、今世紀から見れば何もすることがなくなった日々が続く未来であった。自然と伝承文化、教育や伝統も、二十一世紀の面影は無い。つまり、全てが直線でつながる合理化の極限であり、それはある意味で一部の人を除き痴呆と寄り添って生きる無味乾燥な日々の連続だった。人は試行錯誤を繰り返すが故に面白い、という時代ではなくなってしまった。全てが謎に包まれていた中世から近代までは人に明るい未来を予想させたが、そんな時代とはうって代わって、誰もが想像した到達点は感情の無い未来であった。

それでも興味深い例を一つ取り上げよう。アフリカのサバンナに生息していたワニやライオン、そしてハイエナという猛獣は動物園で拝観する珍獣であり、バナナやトマトはデパートで実るものと子供達は思うようになっていく。まさにそれこそが国家厚生局の意図の元、人工受精によって誕生させられた子供の知識実態であった。よってこの時代に学校や教育というものが古語辞典に掲載されて久しくなるのも、ごくごく納得のいくことであり、時代の運命であった。人はこの時代にあっても、過去には戻れないとはよく耳にする言葉であった。

合わせて学業、教養というものは存在しなくなった。学校もである。就職と解雇までA

Iの担当になった。当然のように警察署なるものも一部を除いて姿を消し、追跡、逮捕の任務はロボット隊の仕事になる。無論、裁判においても無人化の中での闘争であり、判決も感傷的に人が言い渡すことは無くなった。ただ、ロボットが介入出来ない恋愛の名残だけは歴史が後戻りしたようで懐かしくもなってしまうが、妄想に満ちた色問題だけは相も変らず滑稽にも引き継がれていた。その五十年先には緑の枯渇によって二酸化炭素の増加が顕著になり、失恋どころか酸素無しでは全てが生存出来なくなる生命の危機がやってきたことを誰もが直視しなければならない時になっていたのであるが。

どんなに時代が変貌しようとも、人という生物は馬鹿と利口の紙一重のようだ。当然と言えば当然である。権力を握った者で黄金を金庫に入れなかった人はいなかったように、金と欲望の膨張はいつの世も歯止めがかかるものではない。事態は益々深刻に、そして複雑になってゆく。なぜならば全ての地上というものは人の野望によって食い荒らされ、入植をしていない領域は南極と低酸素の高山、そして砂の砂漠に覆われた一帯のみになってしまう。無論、とうてい一般庶民に手が届く価格ではなかったが、月に移住する者は既に十万人を超える勢いに達していた。ただ、高温化による影響なのか、あるいは住み心地なのか……おそらく後者なのであろうが、地球上で砂漠の周辺開発だけは誰からも回避されていた。何故なのか砂漠とはいえ、地下を探れば水は湧き出てくるはずなのだが。

そんな中、国家中枢と投資家の裏工作にて突如ヒマラヤ開発が強行される。世界戦略であり、いわゆる山の切り崩しである。山を切り取り国家一つ分の住居と遊興施設、そして地下防空壕までの建設……その為に日々五十万台のバック・ホーンがフル回転し、ブルドーザーとトラックがそれに連なっていた。八千メートル級の山脈を根こそぎ平地にしようという驚愕する試みだった。今さらこの時代になって何をしようというのか。しかし、現実はそうではなかった。金の染色体がそうさせなかったのである。これは印刷紙幣というものは消滅してしまったものの、金と権力の両方の遺伝を持った意志が血液の中に溶解され、不変遺伝子として継承されてしまったからである。

世界の国々では賛否両論が沸き上がった。期待する新規入植者は各国に多数いたが、他方では無謀な挑戦と開発でしかないとも囁かれた。それでも日々数十万トンの発破用ダイナマイトが用意されては炸裂し、十年後には山脈は土台をなくした城のように倒れようとしていた。もう少しで巨大な山脈は消え、掘削終了の最終段階まで来ていた。

しかし、突如としてヒマラヤ山脈のふもとから前代未聞のウイルスが出現することになる。正体不祥、感染経路も謎、人類史上出会ったことのないウイルスだった。当初は愛玩ペットや動物が発狂する為、動物由来のものと思われていたが、次第に解明が進んでいく度に、人が人に、人が動物に感染させていることが分かることになる。そうとは言うものの人工知能を持っているかの多元体であったが為、原点及びウイルスの発症メカニズムは複雑をきわめた。血液の同型には無関心であり、同性のみに感染、縦及び横の二次感染者は発症せず、三次感染にて発病するものだった。いわゆるインターバル感染だ。ウイルスの親類縁者は五組。それぞれが昼夜の役目があり、昼に感染活動を行い、深夜零時に発症する時限爆弾付きであった。それ以上に一斉休日のみならず、天気概況と連動し、変わり身となる囮まで持ち合わせていた。感染者の致死率五〇％に及ぶウイルスに付けられただ名は、『真夜中の殺し屋』である。

ウイルスは鼠講式に膨れ上がり、二年足らずの間に世界の九五％が汚染される事態になる。世界は震え上がり、狂乱地獄に入る。唯一冷静なＣＩＡは、どこかのならず者国家あるいは秘密結社の極秘創造物ではないかとにわかに注目した。沈黙していたアメリカ国家衛生局もコピーしたウイルスに遺伝子組替えを施したＤＮＡを解き放ち、ウイルス同士を戦わせるしか対抗手段はないとも考えるようになってゆく。無論、この時代ともなれば遺伝子組替えによって既存の病気には無縁の肉体も造られつつあった。但し、疾病予防には食を断ち、人工物を摂取しなければならず、美食を取るか、健康を取るか二者択一の選択が必要であった。疾病の原因は食との因果関係がまさしくあることは周知の事実である。さりとて食は人の最大なる娯しみごとには違いなかった。たった一粒に過ぎない毎日か、それとも食に満ちた限りある日々か、世界は有限なる満足と無限なる我慢を巡って論争は果てしなく続いていた。

けれども、事態は更に一変する。疑義を持った一部の考古学者達からではあったが、数億年前の地層と生物の関係を再度、そして再再度検証してみた結果、信じがたい結論を導き出したからである。なぜなら、このウイルスが発生する十年前に数十万体の恐竜の化石が当地から発見されたのが初めてである。当初は最古の化石群とみなされ、興味本位の大発見ともてはやされていた。この単純なる魅力的な物語に誰一人異議を唱える学者などはおらず、恐竜最後の墓場に金脈有りとして世界中のバイヤー達が珍種の発見に群がっていた。躍起になっての挙句、闇取引きまで横行した。恐竜の名を借りて名前を売り、ビジネスにしようとする輩である。

しかしながら、事は興味から驚きへ、驚きから疑問へ、疑問から不安へ、不安から重篤化した事態に方向転換がされてゆく。何度調査を繰り返しても出てくる結論は同じことばかり。化石の脇には焼けて結晶化した同型ウイルスの無念の墓場ばかりであった。疑問は深まる。ターゲットも絞られてゆく。なぜ、化石群の脇にウイルスの集合体があるのか。それが最大の謎であり、緊急を要する解明事項であった。

半年が経過した時、ある地層学者が仮説としながらも、あるシナリオを発表する。湾曲した地下七千メートルの地層の延長を辿っていけば、当地のものと一致する。従って三億年前に大地変動で地下に埋もれたものが宅地開発にて地上に露出したに違いないと言うものだった。これは何を意味するか、世界の人々は心して聞いて欲しいとまで警告することになる。

彼は詳細を説明した。彼によれば地球上の恐竜絶滅は巨大な隕石落下にて気候変動が生じ、食料激減にて相対的に滅びていったという説はある程度正しいが、最終結果でないとした。最終とするのは相当抵抗があり、彼らの断絶は当ウイルスによる弱体化と、地層変動による生き埋め……それらが同時あるいは時間差で発生したからであると断定にいたる。恐竜達はウイルスに感染しながらも生存出来たものが残された力を振り絞り、僅かに陽が射す最後の楽園に集まった。しかし、時を同じくして、あるいは時は一呼吸するかもしれないが、最終地殻変動が突如発生し、隆起と沈下の間に瞬時に消えていった。ウイルスも熱にまみれ、圧縮された地層に埋没していったのだという。

この説はかなりの衝撃があった。ウイルスとの攻防を研究していた鳥類学者は、恐竜の子孫である鳥類は摂取する食料が少ない分ウイルスには耐えられる体であるという証明を論拠として賛同する。

また、魚類学者からも、もし隕石衝突説が正しいとするならば、魚類にも相当なる、いやそれ以上のダメージがあったはずである。従って、隕石滅亡説を否定する。主たる理由としては、太陽無しで魚の生存は有り得ないように思われてきたが、近年解明された魚の遺伝子からは恐竜と相関するものはなく、しかる理由をもって恐竜と運命を共にすることはなかった……魚類は恐竜の前から今まで果てしない自然進化を遂げてきた。そして現在も生きている。従ってウイルス説を支持すると。

賛同する意見は他にも現れた。疫病学者も海中内の魚群感染は可能であることに同意していた。それなのになぜ感染が認められないのか。彼らの説明によればこうだ。ウイルスは海水のミネラル類は元々苦手であり、寄生しようとしない。相性が悪いに尽きると断定した。一方で、ウイルスは性質上軟質の動物性蛋白質を特に好み、狙い続ける肺という繊細な粘膜に巣を宿すことが生存に欠かせないと判断した。これには確たる理由がある。彼らにとっては酸素濃度が標準化された場所が適所であり、体内温度も高温であることが生存出来る絶対条件であったのだ。そして、肺はなにものからも防衛基地として守れるシェルターも担っているからである。

一方で、このウイルスは癌とエイズ患者には見向きもしない点も注目の的であった。研究半ばではあったが、分かる範囲で言えば、癌とエイズ、そして正体不明ウイルスは古い血縁関係にあったが、生存場所が同じである故に分家出来ずにいた。特に性格だけは不一致極まりない。その後、内紛で絶縁し各々が独自路線に枝分かれしていったものと判断された。最古のものは当ウイルスであったが、地殻変動の災害にてその勢力は一気に封じ込まれ、その片鱗さえ消えてしまっていたもののようである。無論、癌は性質上飛び道具を持たなかった為、地道に動物の体内に侵入しては生き延びてきた。同様にエイズも癌の背後に隠れて細々と生き長らえてきたが、人の体内に感染する術を獲得して以来、その存在感は顕著なものとなる。いったい何年生きてきたのか、途方もない年月である。目に見えない世界で生存競争を繰り広げてきた彼らの生命力には計りしれない謎がある。適者生存はどこにもあったのだ。その論理に適う自己変容と変貌を何度も繰り返しての生存であることだけは事実である。そもそもウイルスは単細胞になりきった浮遊する埃だ。けれど、それでも生物である。

　一方、口を持つ生物は得られた栄養源から複雑なる多機能を備えることになったが、それ故に特定箇所が損傷を受ければ相互交信が途絶え、機能不全となる短所を持つことになった。では、どちらが強靭であるか……蟻が象を一撃で倒すこともあることを肝に銘じておかなければならない。更に突き詰めれば、ウイルスは何が何でも強引に感染しようとするものではないことも事実である。単に元々の住居であった巣を追放された為に、ウイルスがひどく激怒しているだけである。彼らは常に対人恐怖を抱いており、静かな環境にいることを欲している。なぜなら、人は彼らの足元を壊死させるような毒素を投入するからである。人が永年かけて研究のもとに創り出した薬や薬品、これは彼らにとっても生きるか死ぬかの瀬戸際に立たされる厄介極まりない爆弾なのである。

　残念ながら、この循環関係は誰の理解も得られないでいるようだ。それが改められない限り、人にとってウイルスとの関係修復は程遠く、犬猿の仲よりまして今後も最大の難敵として空中にさまよい続けるであろう。そして時には奇襲作戦という究極の反撃に転じることも有り得ることなのである。

・・・・・・・・・・・・・・・・・

もうすぐ二十六世紀を迎える。地球の資源は枯渇し、酸素濃度は更に低下していた。当然のことながらウイルス問題は、一段落したものの解決はしていなかった。殺し屋ウイルスは局所には存在していたが、隔離された場所までは侵入することはなかった。しかしながら、それらの影響と後遺症は多大に残り、世界人口は六〇％減少となり、限られた民族による指定されたエリアだけが居住空間になってゆくのだった。

今後の懸案事項は山積みだった。けれど、良き解決策はなかった。先進国は特に悩んでいた。そこで各国の生存をかけたバトルが火花を散らすことになる。アメリカは、既に一部完了している宇宙ステーションを軸に月に完全移住を計画する。ロシアは、南極大陸へ一部、太平洋の深海域に人工国建設に着手する。アジアの中国は、同じく太平洋の海溝に膨大な共産国家を築く野望に燃えていた。日本はどうするのか。各方面で検討した末の結論は、こうだった。日本本土は未練はあるが捨て去り、太平洋の海上、真っ只中に浮かぶ移動可能な島を建設することであった。これらは、各国で建設を進めるプロジェクトの長所と短所、そしてリスク管理の問題点と最大防御方法を整理した上での結論でもあった。

五十年が経過した。各国がプロジェクトを進捗させるにつれ、当初懸念していた問題はにわかに危機迫る現実問題となっていく。月には地震があるとはとうてい思ってみなかったようであるが、突如それに見舞われ、姿は宇宙の彼方に飛び散ってしまう。死者は、一都市分の数に及んだ。海底基地には深火山の噴火が追い打ちをかけた。二都市が消えた。南極にも氷が溶けると無数の毒ガスの火口が姿を顕す。毒ガスの溢れ出る洪水だった。ロシアはそれらを処理する作業に成功はするが、元々課題であった酸素濃度の解消までは到達出来ないでいた。犠牲者は膨大な数に及んだ。

では日本はどうであったのか……同様に課題山積の停滞状態が続いた。酸素濃度は維持出来る見通しはあったものの、フロートのように浮かぶ国家故に激変する海流の変化とそして何よりも海底火山による津波の被害は想定していたものよりはるかに甚大だった。竜巻は勿論、台風は風速二百メートルが並のものになってしまった。

災害は差し迫っていた。だが、こうした事態をもってしても、地球は生き物であり、自然ではないことを気付く人はいなかった。自然とは地球の上辺を都合よく呼んでいる総称である。決してその中身そのものではない。生き物となれば、軽快な時もあれば腹を壊しては気分を害し、時にはイライラが募って暴走することもある。それは自然摂理も同様である。根本的な違いは意志があるかどうかである。生き物である限り、凪ぐ日々もあれば暴動のような意志をもって暴れることがあることを否定することはできないのである。

災害報告の詳細にはこう記されている。月は地球の重力にて年々引き寄せられた結果、内部にあったマグマが破裂し始めている。その余震と言うべきものが月の地震であるが、場合によっては今後溶岩流が地表に吹き出す可能性もある。計算上ではこのままいけば、やがて地球に接近し激突することになる。それを今計算中だ、という中身であった。

一方、地球そのものは太陽の引力に引かれてきた結果、月同様に内部の圧縮歪《ひずみ》が上がってきており、海底火山から爆発現象が起きていることの報告がされるようになった。海底は水圧が高いせいか、この程度に抑えられているが、他方地上では巨大なる噴火がいつ起きてておかしくないとの予報もされることになる。地震活動の予兆からして、南極に毒ガスが増えることはあっても減少は考えられないとの警告も相次いで出される。尚更、海上のうねり及び海流の加速化は現状の三十倍の速さに達し、陸地の侵食は過去二千年の百倍に達するであろうことが日本の前途に大きく立ちはだかった。

・・・・・・・・・・・・・・

時は黙っていても進んでゆく。更に二十年が経過した。二十七世紀だ。地上には五億人しか生存していなかった。とは言ってもこれはあくまでも推定でしかない。なぜならば各々の通信網は可能なはずであったが、人は全てを信用出来なくなり、確定することが出来なくなってしまったからに他ならない。当局は把握していたかもしれないが、自己情報を流すことは自身を危険にさらすことでしかないと多くの人は思っていた。同時に通信案内には高性能な悪質ウイルスが蔓延し、問い合わせ側にも受ける側にも信憑性がなくなっていたからでもある。

人々は、国家に対し、暴動とはならないまでも、迷走国家に近づいた十九世紀の国家より悪質な詐欺集団になってしまったと猜疑心を抱いていた。各自が自己嫌悪を抱き、私は健全なのか、不健康なのか……ここは安全なのか、否なのか、確信をもって返答出来る者はいなくなった。誰の心にも、高度化した社会にあっても足元にある現状さえ消化出来ない二十七世紀のニヒリズムが宿り始める。二十世紀のそれは未来に厭世感を感じたが、二十七世紀は足元を否定するにいたるのである。止むを得ないことである。そもそもニヒリズムとは自己の半否定から始まり、自己に向かって問いかけ、自己に対して否定することであった。それは何かに対して分からないということではない。自己に対して分かろうと欲しないことであった。これは知ることと発展そのものが幸福を招きはしない中で……自己という存在を現状をもって全否定してしまう病である。

遠い昔……紀元前、万物の源は水や火であるとギリシャの巷では論争をしていた。当時は水が水素原子や酸素の結び付きで成り立つことなど知るよしもなかった。けれど、知らないとしても、妄想を膨らませ、探求の中に真実を求めようとしていた。これは希望に満ちた勉強会であった。しかし、今はどうであろうか。分かりきっているが、その水さえ満足に供給出来ないでいるのだ。全ての資源が消えてしまったからである。無くなったとも言える。足元にあるのは、炭素で出来た土である。今の土は炭素の黒であり、昔の土ではない。知識は自然から蒸発してしまった……つまり原理と法則は正しいが、現物が無いのである。

ＷＨＯ内でも意見の集約が出来ない状況になっていた。酸素濃度問題についても提案内容が一つに集約されることはなかった。実はこの組織にも、一部切捨て派と庶民派に分裂していたのである。庶民派は、現状では降雨がもたらす雨でさえも不純物が多すぎて使用出来ずにいる。ましてや水そのものが不足する状況である中で〝各家庭に十本の苗木を植えよ〟とは現実的ではない。結局、枯らしてしまうことが必至だと反対した。これでは何の改善も期待出来ない、とも主張した。けれども、切捨て派と執行部は、植林策が唯一の救済策であるとして全世界に通達する。効果と結果はどうであったか、それは想像の通り、言うまでもない。事が起きてから施す対策は、いつの時代でも後手処理でしかないようである。

何が信用に値するのか。もっともなことである。顕著な事例がここにある。愚かな大企業が瞬時に倒産したことだ。知恵を集め、熟慮の上に発表した企業戦略であったはずであるが、信じがたいことでもある。「毎日を楽しく過ごそう」、それが命取りになった。十文字が十兆円を無にしてしまったのである。全てが疑心暗鬼となった時代に、この広告は一方的な他人目線であった。だから猛反発をくらい、致命傷になったことになる。人々は心底泥沼にはまり病んでいる時……沈んだ心には治療を施す必要があったのだ。今世紀であれば、そう思うはずである。これは普通の概念である。心の病とは言え、元気な掛け声だけを発して回復など有り得るはずがないのは、当然のこと。何かの心理薬となる気配りが欠けていたのだ。まさに塗り薬で内臓疾患を回復させようとするようなものである。そこにこの企業はうかつにも気付かずにいた。それがまさに二十七世紀を代表する愚かさの象徴であった。

勿論、少なからず過去を覗いて見たい人々がいたのも事実である。彼らこそが二十七世紀のヒューマニストだと言っても過言ではないかもしれない。記録を辿れば懐古主義に僅かの光を見いだそうとする彼らは、過去に戻れ、今すぐに、と何度叫んでいたことか。彼らは、過去である二十一世紀の写真集を見つめつつ、戻れぬ時代であっても、戻りたいと倒錯しながら悔しがっていたのである。

・・・・・・・・・・・・

百年以上かけて計算してきた結論が、ついに出た。それは太陽系の運命である。結論を先に述べる。残り五百年以内に太陽の一部爆発にて太陽系の六〇%が著しい損傷を受けるというものだった。一部損傷とは、地球崩壊ではないが、生物が生き延びる術はないことを意味している。無論、地球以外の惑星にとっても同じことである。

一大事である。緊急事態でもある。世界中の学者達がオーストラリアに集められた。生物、植物、疫病、物理、化学、地質、工学、地震、海洋、気象、宇宙、環境、力学、数学、動物、細胞、遺伝、航空、力学、光学、電気、熱学、元素学、素粒子、そして幾何学等五千人にも及ぶ規模であった。

この危機をどうすれば乗り切れるか。それが唯一の議題であった。議論は十五ヶ月にも及んだ。各分野からは多様なる提案が提示された。しかし、納得のいく合理的、且つ希望的なものはなかった。なぜなら、太陽爆発の衝撃に耐えうる策は、この地球上では存在しなかったからである。具体的かつ細かい逃避策は提示されるものの、局所対応であって、事の本質を変えるだけの発見と成果が湧き出ることはなかった。

ただ、その中に驚嘆する秘策を提案する者がいた。その説明には参加者の誰もが驚かされ、どぎもを抜かれた。その人の名は、Ｂ・Ｋであった。詳細なる彼のプロファイルは不明であるが、異色な経歴を持つ日本人であり、奇才であることだけは間違いなかった。

彼は何者なのだろうか。知りたくなる欲求が湧いてくるのは当然である。ただ、彼の主張によれば、この太陽爆発によって太陽系のほとんどが破壊されてしまい、惑星としての機能は保てなくなる。そもそも太陽系の寿命は、四十六億年残っているが、それは皆無になる崩壊であり、壊滅を意味している。だが、この爆発はそこまでとはいかないまでも、それに等しいものになってしまうだろうということであった。

彼は提案した。そして実施すべきであると言った。我々人類が生き延びる為には、この太陽系を脱出する必要があり、それを可能とするのは一秒当たり三十万キロメートルの光を利用する手段しか残されていない。現状の研究では不可には違いないが、七色の光を利用し、色と色の隙間に小さなブラック・ホールを創り、その空間に千毛ミクロンに圧縮された人間及び生物の細胞を閉じこめ、光に乗せて宇宙に発射するというものだった。範囲網は、五十光年から百五十光年先の惑星であり、ターゲットはおよそ一億の地点。到達確立は一毛分の一、〇・〇〇〇〇〇〇〇〇〇〇〇一％以下、地球と同様に酸素を有する確立は百兆分の一、〇・〇〇〇〇〇〇〇〇〇〇〇〇一％未満である。また、特別なる遺伝子とはいえ、原子に復元されるまでに五千万年がかかり、無事に到着したとしても、細胞が独立するのに五千五百万年、現状の人間と同等に成長するまでに五百万年が必要とされた。これは膨大であり、途方もない時間の枠組策であるが、相対性理論のマイナス・エネルギーが発見されていない以上、この理論と手段に掛けるしか方法は存在しない。もしもそれらが発見され、実用化されるなら、限りなく時間短縮が可能になるのだが……それにしても空想に空想を足したような超空想提案だった。

・・・・・・・・・・・・・・・・・・・・

遥か遥か先のこと、もしも彼の理論通りに事が運び、僅かな確率でどこそこの惑星に到着し、酸素を吸って暮らすことになるならば、おそらくそこには元々の生物が存在しているる可能性は極めて高いことになるだろう。その生物はどんな生活様式や文化を持ち、あるいは下等生物だとしてもどんな体付きをしているのか……まったく予想もつかない。彼らと出会った時にはどうするのであろうか。共存出来るか。共存が有り得ないならば、戦いが勃発することになるだろう。その時、我々は、あの映画で映し出された冷酷なエイリアンになることになる。映画では選ばれし勇者が地球外生命体と戦っていたが、今度は反対に我々が侵略者となってしまうのである。我々は勝てるのか、それとも映画のラスト・シーンのように滅びてしまうのか、それはまったく展開の余地がない。

・・・・・・・・・・・・・・・・・・・・

太陽系は約百二十億年前に誕生し、この地球は四十六億年前に形成された。けれど、半分が過ぎてしまった。残されているのはもう半分である。壮大な歴史であるものの、ヘリウムを含んだ太陽の膨張はこれからも活発に続き、やがてはその無限大の爆発にて多くの惑星は塵となることになる。おそらくその爆発力からして何十光年先まで飛び散ることになるはずである。

けれど、その飛び散った塵が偶然に二つ、気化した水が必然に合体し、分散した元素が不可抗力で三つとなり、〇・一グラムが1グラムと、いずれどこかの銀河において百二十億年、いやもっとかかるかもしれないが、いずこよりやって来た固まりが太陽の様に燃え始めるだろう。そして、体積を増した物体が青い地球と化し、そこで次なる新人類を創造するかもしれない。新人類は、幾多の試練の果てに進化を繰り返し、我々の推測では気が遠くなろうとも辿り着けない存在群となってゆく気がする。遥か数百億年あるいは数千億年先の話なのではあるが……。

ただ、返す返す残念であり無念なのは、たとえその通りになろうとも、あるいはなるまいとも、我々は、その過程を追い続け次なる展開を見届けることは誰一人出来ないということである。これは〇%を一兆分の一に細かく粉砕しても辿り着けない事実だ。

現状での展開はここまでとしよう。つづく。

一月二十五日、忘れかけたアーモンド色や号外の一説を思いだしたからでもない。尚更、歩きながら午前十時の夢に出会った訳でもなければ、前方に対して注意を怠ったということでもない。

ところが、私は小石に躓いたように一つの確信を得た。かつてのことではあるが、突発事故のように起きた体の急停止、それはあの色濃い染みが残った街路の角で人とすれちがった時に感じたものに似ているに違いない、と。

何かは……これだ。これに違いない、と汚点を作らずそのまま記憶に留めようと思った。そして出来ることなら少しでも多く、あるいは断片のみでも残そうとした。しかしながら、それはちょっと気分を害した兆候のようであり、私が数歩進む度にとっさに退散し、欠損した大理石の前では跡形もなく姿を隠してしまうのだった。まるで流れ星が消滅していくようでもあり、あるいは最初から何もなかったかのようでもあった。

けれどもそれは僅かの間だったが、明らかに私を憂鬱にさせ、軽い嘔吐に似た怪しい呼吸を起こさせたのは事実だった。確かにそうだ。あれは長い間私が気にかけていたものに違いない。私の内にはそんな予感のうねりが渦巻いてならなかった。しかし、なぜ今頃になって、ここに。かなり辛辣な疑問と後退を余儀なくされる是非のように思えた。

一つの終わりは一つの始まりであるとすれば、一つの始まりは一つの終わりということになるのかもしれない。

疑問は続く、一月二十七日

最近流行の激論番組だった。

「視聴者から投書が来ておりまして、『私達は真面目に働いているのに社長の発言にがっかりです。世の経営者は皆そんな考えをしているのでしょうか？　少しは労働者のことも考えてください』」

それに対して社長は笑って答えた。

「俺の創業した仕事で飯を食って文句を言う。それが甘いと言うの。命まで頂く訳じゃあるまいし、あんた方は会社潰れたら給金が無いだけ。だけど、私は全財産を無くしてしまうの。悔しかったら社長になってみな」

悔しかったら労働者になってみな、とは未だに聞いたことがない。同意できた訳ではなかったが、やけに説得力のある反論だった。三十分後、風邪の延長だとは思えないが、気分が悪くなった。

午後の五時、外は既に暗い。テレビを再度つけると「ワインとリップの赤が美しい」、「肌がきれいならば女は無敵」、「クリーム・パフェを愛する時は大胆に」と美しさを通り越し天使のような過大コマーシャルが飛び回る。

どこか気分を和ませてはくれる。そしてその気にもさせてくれる。このフレーズ、何かを癒すというよりは少々含みをもたせた誘惑であるからだろう。罪を問わないまでも、まるで仕掛人である詐欺師と消費者側の騙し合いの局面だ。あるいは餌を盛って消費者にどう食いつかせるかのビジネス戦争であり、客の争奪戦とも言えなくもない。

それにしても提供者と視聴者は、商売とはいえ、いつからこんな騙し合いをする羽目になったのか、それともそれは必然なる日常なのか。そんな横やりが湧いてくる。

所詮は金を巡る騙し合い、生き残りをかけたサバイバル決戦であろう。売れなければ負け、話題になれば大成功となるのだろう。そうではないとする異論はありえない。

まず、戦略が必要だったのであろう。けれど、戦略なら人はいつからそれらを必要としたのか。そしていつ始まったのか。どうして諦めることなく同じことを繰り返すことになったのか。テレビごときと言えども、そうした愚問は果てしなく吹き出てくる。

我々は人間だ……そう子供から大人までも口を合わせるが、その人間とは何物なのか。考える葦と言った先人もいたが、それではなぜ考えることになったのか。考えて得たものは何だったのだ。失ってしまったものはなかったのか。そしてどこに限界があり、いつまで考えなければならないのか……無駄を承知のうえでそんな嫌味をテレビに投げつけた。当然のことながら返答というものはなかった。

何かを得る為には何かを失うような気がしてきた。その逆も然りだろう。待ちわびる時間は長く、数える時間は短すぎるようだ。時の長短を決めるのは、やはり時間か？

日付不明

私だけの朝ではない。誰もが昼に近い朝を迎えているはずだ。カレンダーの赤く染められた《9》という数字に視線が拉致されそうだ。赤、それは誰もが関心を払う。まさに日曜であることを保障してくれる共通色だからだ。下には先勝と記してある。

けれども、落ち着かない。《9》を暫し直視すると、乱視にでもなってしまったかのように目が眩む。移動しているわけではなく、眩しいのでもない。砕かれてしまった写体というよりはむしろ近くの映像が交錯し、ほんの僅かではあるが焦点がずれているような気がするのだ。前後に拘束されない土曜の自由席から、指定となる升席に移動したに過ぎないのだが……。

あぁ、厳密にして僅か一日と言えども、昨日の私はどうであったかなど克明に語る術がない。何とも腑甲斐ない。けれども、あえて滲んだ陰影を強引に撤去してしまえば、昨日は感情を持たない堅くて黒い《8》を絶え間なく見つめていたはずだ。

一日のうちに意志薄弱にしてしまうものが、身の回りにあったであろうか。私はとりたてて何も起こしてはいないと思う。間違いないことだ。誇張すべきことではないが、長い時間、歴史の事実から肯定を無くし、否定によって結論を導き出した厭世家の代表作《〇〇の没落》を解説書と共に読みふけったことは確かだ。オスヴァルトの題目には驚嘆させられた。なぜなら没落である。凋落ではない。なんと大胆なる結末であることか。栄光とおぼしき階段を駆けあがったもののそれを頂点として転がり落ちる歴史の運命と読み解いたが……では栄光はどこにあったのか、そして何が栄光であったのか。残念ながらそこまでは容易に追跡を許してはくれなかった。結末に失望してはいけないと前置きだけはしてくれたものの、導火線となる歴史の起点が積み上げられ、歯止めがかからない運命の記述が延々と続いていた。ましてやローマ・ギリシャ・ペルシャ・エジプトなどの言語や思想の相違から生じる運命を把握せよとは……あのワーグナーの独断を思い抱かせる。彼については偉大な音楽家と称賛する人も多いようだが、作曲家の域など少しも顧みることなく「崇拝せよ」と神か皇帝になったつもりでいたことは有名な話である。

きっとオスヴァルトは、笑みを覗かせながら誇示したいものが幾つかあったのであろう。自然と歴史は相反することも主題の一つのようだ。なぜなら自然は在るものから拡散を続ける形態であり、死することはない。一方で、歴史は誕生劇である限り、命の末路が否応なく待ち受けている。よって、光陰矢の如く、ろうそくの炎と同様に繁栄した時間は否応なく没落すると。それが西洋の末路であるらしい。

思えば末路とはそもそも何なのであろう。漠然とではあるが、暫し考えさせられた。彼は説く。自然と歴史は相反すると。しかし、であるならば、その狭間にいる我々はいったい何者なのであろう。時計の針が刻々時を刻んであらゆる物を置き去りにしても、我々は明日と昨日の狭間に、つまり常に今日という現在に存在している。常に今日、いつも今日、在るのは現在という瞬間だ。我々は、昼夜を問わず常に現在という時の真上にいる。何千年であろうが、歴史から得られるもの、そして学ぶものは、その時の現実と結果に過ぎないと思えるのだが……これは即刻却下され、廃棄される質問状になってしまうだろうか。

この本、周りの歩行者などには何の関心もないようだ。それどころか麻薬と酒に入り浸った運転席からは快楽の匂いさえ漂ってくる。誘惑に近い文言が多々あるのだ。酔わないようにするのも一苦労する。

少し断わっておこう。私は、彼に共鳴し協賛しようとしている訳ではない。彼の背後に秘められているペシミズム、人間否定の余韻は吸い込まれそうな美しい刃物のようでもあると言いたいだけだ。いつ再読するかは未定である。完読するにはまだまだ先は長いことになるのだが。

一方で、長年いらいらさせられてきたことがある。神に懺悔したばかりでなく、社会の矛盾から神を引っ張り出しては歴史の必然的終末を論じた著書のことだ。それらは歴史の終点を導き出す為に都合の良い絶対者を創りだしていた。そんな一節に巡り合うと、またしても、と拒否反応で埋め尽くされるのだ。もし終末がどうしても来ると言うのであるならば、神を参加させることなく、疫病の蔓延や自然淘汰の人口減少にて歴史は消滅するとでも力説してくれた方が現実味があった気がする。童話に近い神の助っ人は、歴史の展開では出入禁止にしてほしいものだ。一旦神を参入させようものなら、どんな難題を持ち出そうと、どれほど矛盾がひしめいていようとも、最後には公団が提示する高速道のような立派な道路になってしまうからだ。

それにしてもオスヴァルトとは何者なのだ？　うまい説明がおぼつかないが、オスヴァルトの否定論に浸っていると、果てしない追記感情が湧き出してくることだ。だからここで私の内での私、所見か私見か区別できなくなってしまったが、それらしきものをここで追記しておく必要がある。当然のことながら、お前も悲観論者なのかと罵られ、批判されることも承知の上で。それも場合によってはいたしかたない。覚悟しよう。

思うことではなく、感じえること、鮮明に感じるかと言えばそうでもないことなのだが……それを出来る限り私の言葉に集約してみると、こうなってしまう。世に見られる子供を儲けない人々は、遺伝子という沈黙と葛藤の見えない奥底で、来たる未来に不審を感じつつ、あるいは永い歴史の中で人が人間となってしまったことを後悔している……そんな気がしてくるのだが。

そして、こう締め括らなければならないかもしれない。物事を整理し、何かを始めようとするならば、必ず原点から出発しなければならない。これが常に基本である。想像を飛躍させ、終点をいつまでも探れば始点が見えなくなり、始点に停滞するならば到達点がおぼろになってしまう。今はそんな状態だ。だから最も距離の近い〝今〟という現実に立ち返らねばならない。意外に難しいことであるが、そうしようと思うし、そうしなければならないはずである。というのも現実でさえも既に無数の疑問符が投げかけられてしまっているからだ。明日であるべき日がコーヒーの封を切る現在と化し、現在であった瞬間は昨日のいずこへと滑り去ってしまっている。これも事実であり、見過ごしたり否定することなど出来ないものだ。

午前十時、「日曜の朝はバロック音楽でスタートです。今日は、街を散策するドライブに出かけませんか。行き先はあなた次第」

長い間思考した老廃物を浄化するように、ＦＭが擦り寄ってくる。背後で妖艶な甘えを宿す声量は、さしずめ乞うご期待の玉手箱のようだ。そんな香水の匂いを感じる。

しかし、一方では相容れない不安なるものが実像と成り、鬼門なる扉をこじ開ける予感も同時に浮遊させている。蜜の周りに毒蜂が潜んでいるかのようだ。この音楽とのドライブ旅行は、単独で盲目の彼方に嫌々放り出される不安を誕生させるような気もする。この広いエリアの中で、私だけが一人リスナーなのだろうか。そうではないはずだ。

指はいつのまにか、積もった記憶を留めようとしてマジックペンを急ぎ走らせている。新しいページを捲り三行ほど書き入れ〈……そう思う。二月九日〉と記し、早すぎる今日のけじめをつけようとしている。後方には明日の分になるべく、広い余白に指の陰影だけが薄く灯されている。

案内は続く。

「回想の中で、ある詩人は言っています。天使のような肉体を瞼に置き去りにする。それは一瞬の死」

「……ウッ！　……」

声が飛び出した。手足は停止し、体全体も拒絶した。指と口元は壮絶な衝撃を感じている。これは、いったい……目前に茶色の雫がはげしく悶えている。散乱だ。それは故意に零したものではない。ましてや偶然に口先から漏れ落ちたものでは毛頭ない。口元は暗示している。明らかに渾身の力で体内から前面に振り撒いたものだ。

時間が無い！　拭き取らねば、という意志が一進一退を繰り広げる。けれど、自重に堪えきれない雫が変形し、一本の筋となり動き出す……そして合体した。止まった。紙面に変化が起きる。染みた！　染みた！　コーヒーが意志を持ち、そして染みた。音もなく染みていく。そして歯止めが無いほど三重の輪郭を膨張させてゆく。不規則な扇動運動とともに薄くなっていく濃度、それはバクテリア同士の結託にも見える。指先も硬直し、静止している。マジックペンは後方に落下している。どうしたというのだ！　何かが破壊されたのか？　白い余白にコーヒーが侵入し、絵画の真似をしただけか。いいや、そうではないだろう。疑いない。事は起きたのだと思う。そう、私は反射的にとっさのブレーキを踏み、その振動で誇張された何かをしたのだ。見渡せば意図的に、明日を表現出来ぬ薄黒茶に染めてしまったようだ。

ノートの余白、それは明白だ。定義することなど出来はしないが、すでに出来ないことを暗示している。何が起きうるか、何を記入するか、計り知れない剥き出しにされた空間だ。ちょっと前に感じたとらえどころのない不快さは、きっと今日の日付を書き込むことによって残りの余白に明日以降を記入しなければならなくなった半強制的な約束だったに違いない。記するために何かをしなければならない白は意外にも強制力を内に秘めている。

再度記しておこう。ノートの中の白い余白……それは書くことによって私自身を表現する自由な空間だったはずだ。しかし、それはもはや安心させてくれるほど情け深くはない。何一つ手助けなどしてくれはしない。字体が分からぬ薄くかすれた文字、説明を試みようとして誤って斜線を引いた文章、赤と黒の線が交じったコントラスト、意味の分からぬ語意、修飾語を反転させ助詞の付きすぎた文体……それらすべてを露にしてしまう。〈もう絶対記入しない〉ということも可能だ。だが、意に反したとはいえ、何らかの意思表示を一旦した後には、たとえ背を向けようともそれは書き入れることへの永久的な拘束を始めてしまう。黒茶に染まってしまった明日は、私のどこに、いかなることが起きるというのだろうか。

日々、生活……既に与えられた数直線があり、そこで一つが小刻みに繰り上がり、一つが繰り下がる約束を何度となく続ける簡単な論理と言えるかもしれない。人はこの枠の中で二万五千五百五十日も忘我の船に乗ったように過ごしてしまうことになる。

それにしても、私は黒く汚れた明日には抵抗があり、不用意に乗車したくはなかった。それは明日が黒だということで、朝を取り逃がしたり、黒い雨が降って泥まみれになり、私が暗黒の街をひたすらさまよい歩くという訳ではない。なぜか私を脅かす脅迫や影が近くにあり、それにいつしか呑み込まれてしまう気がしてならないからだ。

私は急いで昨日の欄を読み、一昨日のエピソードを交えた断片を通り越し、無理やり記憶から遠ざかる過去に戻ろうとした。だが、今日という囲いの現実から逃れることは許されない。ねばねばした粘着の鎖が張り巡らされ、いかほども戻れはしない。二十六ページのそこだ。そこに出来上がった楼閣、考えてみれば些細な楼閣に過ぎないが、その束縛は私が前後左右に身を移すことを認めない。

昨日の、一月前の、あの時の、あの場所の……そこへ一歩も入れてくれはしない。なぜか、何かが私を許さない。あの銀色の玄関はすっかり荒びれてしまっている。あの豪邸はボロボロに崩れ落ちている。あの夫人は歳をとり、友人は私を忘れていないはずだ。あそこの犬は五年前に死んだはずだ。けれどももう何十年以上も経ってしまっている。入り口はどこか！　全てがオブラートに包まれてぼんやりと風化している。曖昧だ！　私が関わった私の過去を、なぜ今受けいれないのだろうか！　私の過去はいったいどこの誰にかどわかされてしまったのか。

それとも過去を意図的に消してしまったのだろうか？　意図して消し去るとは次なる主題を幾つか用意し、消しゴムか修正液を使ってすべきもの。けれど、記憶にそんな器用なる文房具など持ち合わせてはいない。また、そんな職人でもない。逆に出来ることならば喜んでそう願いたい。それでも譲歩に妥協を重ね、仮に少しでも該当するものがあったとするならば、すべきではなかったという後悔の念と消化促進の胃酸、そして快感を高めるアナリンの過多なる分泌程度のものであったろう。それ以外は全て該当外だ。

いつも同じアドリブで歌ったバーの歌手、夢の正体を暴くために眠りについた私の中の私、同性に恋した男の潜在意識を探る本の主人公、秋の青葉、パンの耳をかじった鼠、蛙を呑み込んだ蛇、目をそらした緑一色の森、小川の氾濫、一輪のユリ、真っ赤な空、年老いた芸人、デブッチョに恋した女、犬の逢引き、春の枯葉、窓越しの微笑み、嘘の中の成功、詩人の死、五人の間の恋、一つの躓き、ビルの崩壊、台風の爪痕、夏に咲いた桜、腐った水、アルファベットのZ、これら全てを承知していた私でさえ過去は素直に受け入れない。それは嘘であるからか、いや、それは当事者からして事実だろう。事実である。事実とは……あまり考え過ぎることはよそう。何も得ることなど無い。肉体まで壊れそうだ。

・・・・・・・・・・・・・・・・

過去、それは不本意な固まりだ。なぜ、過去は私を素直に受け入れることをせず、触れさせてもくれないのか？　原形を失った断片ばかりが残され、蹴散らされている。そしてそれはひどく歪曲されている。私だけのノート、殴り書きしたメモ帳、数冊のアルバム、引き出しに入った何通かの手紙、幾つかの絵画、白い歯形……それらはかつて接した幾人かの脳裏にでも親切に備蓄されているのだろうか。それとも、誰かが私の過去を頭が下がるほど大切に書き留めたとでも言えるのだろうか。日々の出席簿、内申書、証明書。

・・・・・・・・・・・・・・・・

私は不可能なミッションを可能にする合い鍵など持ってはいない。それでも益々疑問が疑問を再生させる。何故にこれほど〝なぜ〟という問いを発しなければならないのか！　私の内で、あるいは外でいったい何が起きているのだろうか？　馬鹿げていて信じがたいことだが、ちょっと先まで流動的な数字の推移に一種の抵抗を感じながら、擬集された文字を書き留めていたことでさえ具体的ではない。多くの付随する事柄には順序のない点滅が灯され、辛うじて残された骨組みは塩酸をまき散らしたように消されようとしている。FMでクラシックが流れていたことさえ定かではない。既に三十分前の現実と私は混乱した気体と液体の狭間の中だった。

黙っていても時間は経過した。沈黙も時間である。

混乱が続いた、二月九日

混乱は鳴り止んだ。私は静かな内にいる。静かな内で思うことは一つ、あるいは二つ、そして三つ。過去、それはどこかで脱線し、傷を負い、化膿した腫脹を起こしているということだ。記憶に固定され、後生大事に仕舞ってくれてはいない。たとえ、記憶の吐血が急遽あったとしても、それは原形そのものではない。私の過去、それは私だけのもの、私だけに関わる私だけが知るものであるが、しかしそれは遺跡発掘の現場のように僅かに足跡を残し逃げ去ったものに過ぎない。今や私は、揺り籠の上で見事に操られる道化師に成り下がってしまった。

想像的な、二月十日

想い出、記憶、追憶、これは追いかけて眼には見えぬ銀幕に描かれるいい加減なものかもしれない。多分に想像的なものだろう。きっと、そうだろう。

全国的な雪のニュースだった。雪のない地方では達磨さんを作って遊ぶ子供が映り、一方で、豪雪地帯の皆々は妖精の仮面を被った白い悪魔、殺人鬼と呼んでいた。私は雪とは闘っていない。だが、何かとは……。

音が逃げ去った夜、それは掴み所がなく、あまりにも深くて長い。時間を想像することは出来ないようだ。

あまりにも長い、二月十一日

ある毒舌番組……医者達が生物の老化と寿命について専門用語を駆使して論評していた。何が細胞を活性化させ、何が細胞を老化させるのか、プラスがあればマイナスがある。分かり切ったことだ。結局のところ、そこから差し引いた数字が結論ということになると思われた。けれどもその計算結果は最大で何歳までになり、最小は何歳になってしまうのか、誰も確固たる解答を導き出すことは出来ずにいた。細胞の変化、そして効果と効能については何とでも辻褄合わせは可能であるだろうが、緻密なる結論をどこにも見いだせないでいた。長生きする為には参考にはなるものはあるとしても、根拠なしの結末では単なる座談会……世間話に多少の医療付加を交えた程度だった。

重ねて思った。得意げに生命の論理を分かり切ったように語る医師達の平均寿命はいかほどのものになるのかとも。さぞかし長寿であるはずであるが、時々世間で噂される医者の不養生等というものははたしてどうなのだろうか。資料次第では面白い結末になるのではないかと思うのだが。司会者にはそれを問い糾してもらいたかった。

ところで……それにしても……しかし……だが……もし私が……もし私に……もし私と……もし私も……もし私を……もし私の……言葉になる要旨が出てこない。発言を切り崩すことも、論拠になる根底に矛盾がないのかを見定めることも断念せざるを得ない。論説の矛盾に食い付く根源的、且つ科学的な知見もない。隙を突き、矛盾を突破することさえもままならぬ。質問を投げかけられない視聴者になってしまった。もうこれ以上に、合理的な人工樹脂で装飾された患部を切り裂く……メスは持ち合わせていない。

……とは言え、私は医学と称する専門知識に対峙しようとは思っていない。終始真剣に聞いていたし、納得出来ることも多岐に及び、さすが医療者だと感じることさえあった。当の私もその恩恵に与っているし、数ヶ月先には診察の予約さえ入れている。正直異論ではないのだ。そう言いたいが、うまくこの感覚を共通認識に換言できないだけだ。

ただ、腑に落ちないことも無視出来ないでいる。それは生物の神秘となる根底を水平化した説明に対し、少なからず同意しかねる違和感を感じざるをえないということである。何かが不足している。或いは欠落している。それははっきりとはしないが核心には迫ったものではない気がしてしまう。一見信憑性のありそうな主張そのものにも、どこか根源的な論拠が抜け落ちているように思えてくる。疑念に近くなってしまうのだ。どうしてそんな懐疑的な疑問に向かわせてしまうのか……私個人の偏見に過ぎない……そんな曖昧な感覚でしかない。吸収する過程と合成の合間にいて、謎を消化出来ずに愚問を発しているようだ……そうだ、突き刺さるものを感じているのだが、冷静、且つ客観的に見れば、そういう自己自身も確固たる根拠も無しに空論を振り回しているかもしれない。矛盾と言えども隠れた空白がある。それも間違いのない事実である。

ただその中にあっても、疑義を申したてをしたくなる事例が随所から湧き出てくる。今は具体的な解決案ばかりでなく妥協案さえも思い浮かばないが、この状況はそうとしか自己表現するしかない。事実そうなのだ。

その最たるものはこうだ。それは彼らが力説していた科学の進歩が医学をどれほど精緻なものにしたかと声高に述べていたが、もしそうであるならば、病はこれほどまでに遺伝継承のように発症しないはずであり、更には重病の核心と克服も早期に治癒する方法や見通しも立っているのではないかと思えることだ。何年もの間致命とされる癌もその例である。それも長年にわたり疑い続けてきた核心の一つである。

生物における生命、そしてこの肉体は常に新陳代謝を繰り返していると言うけれども、そのこと自体は生命維持の為の細胞再生のプログラムだ。そのぐらいは誰もが常識的に学んできていることである。けれど、本質的にそのもの自体は何を意図するものなのだろうか。そしてなぜ加齢とともに焦点が合わない複写になっていってしまうのかが不明なままだ。

私がかつて事務所で、幾度も複写を繰り返す度にその輪郭がぼけてしまう現象は機械の劣化と複写精度の欠点に過ぎないと説明を受けてきたが、明らかにそれとこれは次元が異なる構造現象であると思えてしかたがない。そうとは思えないか？　私はそう思うのだが。数量と劣化によってコピーの精度が狂ってしまうなら、数万年の歴史の間複写を絶間なく続けてきた人間はとっくの昔に別物になっているはずである。よって、そもそもの原点に辿り着くことなくして生命そのものの原理となる原理はとうてい解明出来るものではないはずである。

一般血清学として血液の流動が生なる証であるとするならば、その血清そのものはなぜ動き、なぜ止まってしまうのか。血が命の源と言うのはなぜなのであろう。簡略すれば、血液に潜む成分にはどんな生命の起源が宿っているというのか。それ以上に血液中の成分は命をどう構成しているのかまったく合点がいかない。ましてや単細胞と多細胞は何をもって分裂し、何が構造的に違っているのか。ましてや今や両者は、得てして平和条約が締結されない敵対関係にある。多細胞の宿敵は単細胞であり、その逆も然りとなる。細胞分裂の核心であるミトコンドリアの解説を聞きたい訳ではない。最終的には高度化と強さは相関関係が有るものなのか、無いのか、そんなことにも繋がっていく。

追い求めたいことはまだある。知識や経験はもとより、日進月歩に伴う医学の進歩が正論であるならば、遺伝子と血液を人工生産し、命の再生どころか誕生させることさえ可能になってしまうはずである。けれど、それは未完成のままだ。人工受精とアンドロイドは造り出せても、感受性をもった自然なる人間は創造不可能という。そんな難問を以てすれば、終始一貫何も解せないことの原点に戻ってしまうのではないか。率直に言って、海底に生きる魚類を無視して水面に漂う魚の生態を論じているようであり、距離が縮まるばかりか不可解になってしまう。そして不可思議なピラミッドでしかない。

話はどこまでも、マグロの生態を魚全般に押しつけているようにしか見えない。魚類全般は生態様式とその方法がどうであれ、獲物を捕えようと突進する共通行動と本能でしかない。それをもって魚類の本質を定義してしまうなら、それは謎に謎を付加する延長の延長になってしまうだろう。つまり、終わりの見えない話である。

思うにあの討論会は、いったい誰が、何の為に企画したものなのであろう。真意の実態を探らずに不詳の覆い隠しを疑問と単純返答だけに終始した時間潰しの雑談に過ぎなかったと感想を洩らしたくなってしまうのだが……そんな疑問を感じた視聴者は他にはいなかったのであろうか。皆無であるとしたら、これまた信じられないことである。

私の結論……腑に落ちないのか、理解出来ないのか、それらの判別というものが見つからないでいる。解説を取巻く説明の根拠があまりにも標準化し過ぎている。高度な論議は必要ない。単純な中に起源の根底は宿っているはずだ。人はなぜ生きているのかを、誰もがその本質を知りたいと切望しているのではないかと思う。

人類が誕生して以来、秦の始皇帝の逸話は言うに及ばず、死は永遠の難問であったはずである。しかし、その課題に言及せずに生命の宿命であると断定してしまうのは、あまりにも短絡的ではありはしないだろうか。生命の外科手術は不可に近いと察知し、断念した者はいざ知らず、一度なりともなぜなのかと疑問視した者は多かったはずである。諦めと絶望はあらゆる人が持ったにしても、とうてい納得も同意も出来なかった時期はなかったとは言い切れないはずである。どうもがいても謎は解けず、いかにもならなかったというのが実態というものだったはずである。古代人はその解決の手段として、巨大ピラミッドや人間のミイラに未来を託したのではあるまいか。しかし、今でもそれらは推測であり、なんら解明もされていない。

こうした根源的な問題に対して、ある人は宗教に救いを求めたかもしれないし、自らいたしかたないことだと諦めた人も多かったに違いない。ある人は信仰の夢に未来を託した。しかし、信仰は希望に満ちた救済だけを約束してくれたが、逆には後遺症を伴う毒薬にもなってしまった。現実は……夢は実現されなかったし、約束という見えない毒は残ったまだ。夢はどこまでいっても夢でしかなかった。

時に、素人が口を挿むなと罵られても仕方がないかもしれない。なぜなら、分からないのだから、と。だからこそ彼らも生命の根源については回避したかのように一端のみに触れ、それ以上は中断したのかもしれない。むしろこうした問題を避けて通ったのが正解だろう。

一方では、残念なことだ。躊躇したのか、厳重警戒したのか、それとも分かり得た範囲の簡易な説明に終始したのか……半分差し引いても、考えを前向きにさせるには充分とはならず、共に寄り添えるものにはならなかった気がする。

一言であってもよかった。分からないまでも各論の延長に入る前に、根源的な推論、私はそこが聞きたかった。だが、終始肩透かしをされ、避難指示がされたかのようにそれはすり替えられた思いがする。突き詰めるなら、結局彼らにとっても血液や肉体はなぜ有るのかは不明のままであり、機能が解明されたと言っても生理学の基礎的一般論しか分からないのであろう。人にとってそもそも何が抗体免疫であり、何が無防備であるのかが不透明であるままだ。無論、私にとっては、各自の意見に対して疑問は種々あるものの、彼らの理屈を一撃で破壊するだけの頑強な爆撃機を保持している訳ではない。それがこの場では悔いが残ることである。悔しくもなる。視聴者の一人としては不可なことに違いないが、もしも仮に一言勇気をもって反論を開始したとしても、狂言か戯言の暴言者にされてしまうのが落ちというものだろう。それ以上にむきになればなるほど、業務妨害か、名誉毀損の加害者にもなってしまうことになりかねない。生命とは、知識が辿り着いた領域をもってしても到達には程遠い、深遠なるミクロ染色体の混合体であると薄々推論しているのだが。

しかし、この謎は遥か過去の生命発祥まで辿りつかなければならない不可能な解体学であり、そして途方もない神秘方程式と言うべきものかもしれない。現在では可能になったが、地震の震源地を捜し出し、マグニチュードを即座に測定し、地核変動の推移を推定する科学で辿り着ける程度のものではないはずだ。生命の核心は、原点を確実に見いだし、それを再現したとしてもそれは地球から宇宙を見るより遠い銀河を覗くようなものに変わりはないはずである。

では、それはなぜ地球上で誕生したのであろうか。最初となる生命体は何であったというのか。宇宙と言えども、時間の必然はあっても奇跡はないと信ずる。我々は危機一髪の事件解決を奇跡と日常呼んではいるが、時間と時間が合致した際に発生した必然であるのではないか。疑うに奇跡とはどう説明すればよいのか。無が有を生むことは出来ない。有が有を誕生させているはずである。同様に、理由のないものに理由を付けることは出来ない相談である。そんな理由の無い理由が存在するであろうか。

それにも拘らず、その地球から何かのきっかけで生命が誕生したことは相違ない。けれどもそのきっかけとは、とてつもなく暗い闇の渦で根拠をもって起きたはずだ。そう確信している。真っ暗な、覗くことの出来ない深淵なる闇夜に必然的に生じたかもしれない。当然必然なる結果であったのだろう。宇宙は必然の法則の合体にて散乱したに違いないが、人が想定する理論ではなかったはずだ。宇宙も必然の法則があったに違いない。そして誕生したに違いない。おそらくその宇宙の誕生は必然の法則が数百億年前の法則だったとしても、根拠ある出来事だったはずである。少なくとも神の創造物ごときでは有り得ない。

どう疑問を繰り返し、想像を巡らし、逆立ちをして反転しても核心に辿りつくことは出来ないでいる。今後もそうであろうし、未来もそうだろう。過去の歴史を遡れば、それ故に都合の良い神の存在が必須になったはずである。なぜならば、神は曖昧な世界をまとめる象徴として万能薬であるからである。

現状を垣間見れば、分かろうが、まったく分かるまいが、私自身は湧き出るいかなる疑問に対しても開戦宣言を発することが出来ないでいる。戦闘に必要な武器と弾薬がないからだ。

日付不明

昼の余力がなくなろうとしている。想定以上に消耗しているのかもしれない。ビルの角は丸くなり、家々の屋根は塗り潰されてしまった。壁の濃淡は見分けがつかない。全てが夜に隠されてゆく。窓から漏れる明かりと街路灯が昼の残像を忘れられず、木々の根元で抵抗しているだけだ。間もなく色を認めぬ奴隷の時が来る。それはあそこやそこの情景だけではない。この私とて同じこと。奥が見えない暗い戦場に入り、実案を模索しながら突破しなければならない試練がやってくる。これは相当に厄介極まりない。食となれば《メニューの選択・値段・量・味付け・サービスの善し悪し》の選択が必要になる。入浴はどうする。入るとすれば《何時に・石鹸・手ぬぐい・シャンプー・入浴時間・入浴後の飲み物・体重計・健康器との睨み合い、ドライヤー使用の有無》など混乱が増す。その後の二者択一の選択《缶ビールの銘柄・時には苦いコーヒーか・雑誌或いは新聞の類いか・それとも脳裏を巡る本の追読か・テレビのチャンネルのオンとオフ》、それらは更に決めかねる判断となる。そして気紛れな判断《番組の善し悪し・何時まで・CMの時間にすることは・郵便受けの確認。残ったタバコの本数・食器の枚数・洗剤の残り・複数回にわたるタイマー設定》が待機しているではないか。これらを故意に手抜きし、忘れたふりをしようとも夜の関所を通過したことにはならない。身近に寄り添うものほど、迫る選択肢が多岐にわたる。そして出すべき結論が多すぎる。けれど、棄権は勿論、代行さえも不可。凍結した蟻地獄の底で受け取る徴兵義務のようだ。いかなる反論を行使しようとも、判断という瞬間は時間毎に迫ってくる。回避するとは息をしないことでしかない。

一方で、それらを逐次処理していくことが日々の証となってゆく。現在は夜の渓谷に突入したばかり。今この中でもがいているとは、何とも腑甲斐ない。なぜなのかと自己懐疑的にもなってくるが、時間がないのであればそれしか取るべき道はないだろう。いくら救助を求めても豪華客船が何も気付かず横ぎって行ってしまったならどうするか。当然のことだろう。流れ着く丸太船であっても全力でそれに乗船する他はないではないか。

酒気帯び運転のように車が止まった。躊躇というよりは意味深な幅寄せだ。運転していたのは上司の妻であり、待っていた男は上司のライバルだった。おやおや、これはいかなることか。芝居の脚本のようだ。そういうことか。その道の情報通でなくとも想定はついてしまう。私は少しばかり目先の空気が色付いて見えた。以前から飛び魚のように社内を舞う噂の真相は、ここで現認されたからだ。物腰が柔らかで丁重、誰からも評判の良い男のお相手は、ロシア語も話すという上司の妻だったとは。納得と驚きで満杯だ。まるで冷めて凝固したコーン・スープのようだ。勧められたとしても新種のチーズなら試食してみたくもなるだろうが、愛の覚醒剤入りは中毒の後遺症を起こすのが常套というもの。辞退しよう。

街は特別にざわついてはいない。二人には関係などないからだ。電車と車、人の声と周りが弾き出す騒音、それもいつもの音楽だった。美しくはないが、慣れてしまえば雑音にもならない。その中での二人の密かなお楽しみ事……密会とは覗かないでくれということだ。それは誰にも介入されたくない極秘事項に近い。一人で持ち続ける秘密ともなれば得てして心身を不安にさせ、睡眠不足で薬の一つも欲しくなるものだが、二人だけのそれはスリルを併せ持った快感に違いない。二人だけの快感だけは誰にも渡したくないものだ。

ただ、ただ、これだけは少々言わせて頂く。度を越してはいけません。人が人たる所以はそこにあることになる。しかし、もしそれらが突如暴露でもされた際には、野性の動物でもない限り、同じ霞網にかかった鳥と蝶のお戯れ事では済まされることはない。堪え難い火の粉がいたるところから注がれ、前途不明になる覚悟をしておく必要があることになる。おそらくそんなことなどとうてい考えてなどいないと思うのだが。世の失敗とは得てしてそんなものでしかない。世の要求はそれ程高級な理想論であり、事の実態は意に反して低俗であるのが往々ではないか。

二人は金箔で飾られたユートピアに向かおうとしている。ある時は期待であり、ある時は不安を募らせながら……それらを同居させせながらのランデヴー……そのマッチの火はついてしまったようだ。もう止められない。燃焼時間はいかほどになるかは知るよしもないが、炎が尽きるまで消えることはないだろう。

この手の類いは、世間ではどこでも余りある話であり、よく耳にすることだ。週刊誌で見出しになる八割はこの手のものだ。私は、広い草原の片隅には驚かせる草花が数知れずあることとくらいは常識の範囲と思っている。だからここで騒ぎたてるほどのことではない。西洋タンポポを見つけ出す為に広い草原に出向く必要もない。あぜ道の類いで十分ではないか。そう、どこにでもあるものだからだ。概して動物は怨恨なしに全てが略奪なのだと。何歩か後退すれば同意も出来なくもない。釣合いも拮抗するだろう。人と言えども元々は野原に居た獣の親類だったろうし、喉から肉体が顔を出す愛欲となれば見境なく我を忘れて飛び回ることも、自然の摂理とも言えなくもない。社会学者も言っていたではないか。食欲と性欲は重力と無重力の差に近いと。これらは異次元の世界であり、同次元の平面上で比較することなどとうてい出来ない、と。

しかし、敬遠したついでに、彼らとは同類ではないことだけは言っておかねばならないようだ。彼らがライオンなら、私は縞馬で結構である。嫉みがあるならその種のハイエナに譲ろうと思う。草を食べても一緒の草原に同居しようとは思ってはいないし、ましてや同じ屋根の下にはいたくはない。隠れた桃源郷に肉体を踏み入れた彼らとは、二重線を引き別行にして欲しい。出来ればペンキ用の刷毛で塗り潰してもらいたいものだ。

もし私に出来る同意があるとするならば、私にも性欲と称するものがない訳ではない。そして妥協の一端を探れば、彼らと甘い蜜をもって乾杯こそしないが、快楽は己が自ら味わうもの……だから許容範囲を提示出来るとするならば、これもありかと見て見ぬふりぐらいはしてあげられよう。私は、街路の背後に隠れ、時には車内からゴシップやスキャンダルを連射しては糧とするストーカーもどきではない。ましてや恨み片手の密告常習者でもない。二重線で引いた縦横の線引き……つまるところ快楽をどこに求めるか、彼らは肉欲の中で躍り立つ泡を一途に求め続けるのであろうが、それは私にとっては何の味もない炭酸水である。そんな隔離された縄張りの中で繰り広げられる宴会の仲間には、入る気持はないということだ。

だが、気を配って欲しい。いつまでも安全に匿ってくれる快楽の別荘はないはずだからだ。だからこそ、歯車がいつしか欠けてしまわない内に……そう祈る。ほどほどに、それが黙認してあげられる最大限の妥協というもの。トルストイのように瞑想を抱き、その中で恋人に仕立て上げた者を誘い込み、自己に都合の良いラブ・ストーリーを描いて楽しむ術ならともかく、肉体を盗み合う現物主義に対する代償は大きい。そんな皮肉混じりの助言を込めて、車の判別がつかなくなるまで見送ってあげた。二人はどこかに消えていった。もうあの車の姿はどこにもない。

詮索事は無くなった。対象物が無くなったとも言えるが。しかし、二人が視界から消え去ると、もしかして、ひょっとすると、異邦人は私の方なのか……そんな二律背反が私に歩み寄ってきた。彼らのように蜜に群がり先の見えぬジャングルを突き進むことは不可……そしてこれから起きる、さらに起きうる全てがこの私に関わり、責任の元であることぐらいは把握しているつもりなのだが。今までも出来得る限り道を正確に歩むことを指針にし、この先もそうありたいと思っている。道の無い道は無駄が多い。そしてあまりにも危険が多すぎるからだ。私の常なる信念は、たとえ限りなく一人であるとしても、全てはこの私とともに……ある。そう理解している。

差し迫った是が非ではないが、さしあたり難関なのは、口と胃袋に食料を供給しなければならない野犬と同じ宿命だ。野犬が捨てられた余り物を捜すのとは違って、私は入手を合理的に出来ることぐらいは多く学んできた。それが有り難い。金が全てを解決してくれるからだ。

しかし、いざ決断の瞬間ともなれば、その金をもってしても意外に困難を極めるもの。それは生き様を考えるに等しい。あらゆる生命体は生きぬく為に何かの後には次の、そして次の後にはさらなる次の行動を起こす宿命にある。生き延びるとは幾度も幾度も連続の繰り返しを行うことだからだ。もし連続が止まった時、あるいは止める時……だから継続を止めることは不可なのだ。

確かなこと、疑っても結論は同じになってしまうもの。それは味や気品に満ちたものであろうとも、胃袋に落ちてしまえば皆同じ。量の程度になる。所詮口の中で舌が感銘の信号を発するか否かの差である。けれど、舌が経験してしまった味覚や視覚の充足、それ以上に自己肯定の可否を学んでしまった私には、幾つかの択一と向き合わなければならないのも事実だ。食べるか否か。場所と献立、口に運ぶ決断。必然だ。現物選択にも幾つかある。量を盛った餌に近い食事、財布と何度か口論となる舌先が諦めきれないディナー、折り詰めでしのぐか、それとも己の手作業によるものかだ。

行き先、そんな疑問を本気で考えたことはない。質疑応答も必要ないだろう。そもそも質疑応答とは何であろう。疑問があるから答えるものであろう。しかし、ここには質問は存在しない。推測も不要。無駄な雑用より納得する答えはないからだ。また、そうすることにも値しないだろう。当然のことだが、辿り着く行先など誰でも想定範囲内だ。格言でよく耳にする。体で覚えた癖は一朝一夕には拭い去れない、と。とっさに思いついたものだが、有り難い助け船があったものだ。

・・・・・・・・・・・・・・・・

自身に対する適切な忠告は的を射ていた。その通り自己推薦した矛先といえば、寿命末期の蛍光灯の下でぶ厚い鍋が剥き出しになり、油とニンニクの酸化物が壁やテーブルを黄色みを帯びた色に染めている店だった。

黒く淀んだ奥では、作業服にワッペンを付けた男達が辺り構わず爆笑を繰り返し、大皿を囲んで酒盛りの真っ最中だった。

「たまにはリッチな飯を食いてえな。いくらだって、あの女……それはちょっと高いな！それで行ったの？」

案の定、虚しさと否定は中華風の中まで感染していた。かぐわしい匂いこそしたが、細かく切り裂かれた無数の具はラード油に囲まれて鉄壁な要塞を作り、戦術めいた湯気を立てながら熱気を盾にして私を全面否定していた。いや、否定していたというよりは、威嚇していたと言ったほうがよいかもしれない。胡麻粒は親衛隊か狙撃兵のように散乱し抵抗したかと思えば、ラード油の泡は私を避けるように無数に細胞分裂を起こしては多方向で私を驚かし、麺を底に隠したままだった。そのおかげで私はどこから口を付けたらよいのか、並々ならぬ思案と決断を巡らせねばならなかった。

私はラード油が口元を避け、丼の中を撹乱するのを見続けた後、何度も丼を回したり、あるいは静止したり、泡のスキを狙い撃ちした。そして丼の赤い文様のある箇所で即座に決心し、粘っこい餡掛け風の汁を強引に流し込んだ。汁は粘っこく、且つかなり辛かったが、だましだまし息を吹きかけてはその度合いに探りを入れてみると、発熱は思ったほど戦慄的ではなかった。多少口先でもたつくだけの抵抗でしかなかった。結果的には逃げ回る戦術に悪戦苦闘を強いられたが、やがて難解な要塞は私の戦術の中にすっかり呑み込まれていった。

予想通り、最初に抱いた不安とともに、縮小した胃袋は息苦さを感じるほど拡張された。

舌は熱でザラザラになり、飲み込んだ汁は胃に落ちてまでグズグスと抵抗していたが、それでも量的には十分なものだった。

『……！　………』

しかし、何かが違う。何かが欠けている。意識は食い尽くして得られる満足感とは相反する虚脱感にさいなまれた。一方からは吐き捨てたいほど虚しさが溢れ、それが掘り当てた地下水のように込み上げてくる。食欲の充足と意識の不満、私はどちらに満悦や慰めを促したらよいのか決着のつかない袋小路に陥った。ダクトから溢れる焼き鳥の煙、腐った下水、そして身動きしないアンモニアの三重奏の霞に覆われた細い路地でのことだった。

時は十一時をとっくに回っていた。

日付不明

人はやり直しが利く、と教育評論家が述べていたが、私はその見解には同意しかねる。それは修復工事をしているのであって、やり直しをしているのではない。出直しということもあるようだが、時は既に過ぎてしまっている。戻ることが出来ない以上、やり直しそのものは存在しないはずだ。誰もが意図しているものは概して軌道修正というものだ。

しかし、それは何もすることなしに呆然と立ち尽くしているよりは前向きだということでしかないはずである。過去を繰り返すことは不可能。納得出来うることは、先人達も陥ったように人の内に衝動と欲望が潜んでいる限り、誰一人完璧に問題を解決した者はいないということだ。だから全てにおいて、慎重に判断し、取り返しがつかなくならないようにすることが極めて肝要であると思う。不可ということは、人は一度たりとて致命的な間違いをしてはいけないということに尽きる。けれども段取りと備えが完璧で、全て完全に遂行出来た人は世界にはいないのも事実であろう。一方で、時間の浪費を無駄と思わない人達も多くいる……その人達は私とは反対側に立ち、時間を無視した理想論を展開しているに過ぎないと言いたい。

・・・・・・・・・・・・・・・・

時々遭遇する光景だが、テントから三歩踏み出して、オールバックの親父が漢方薬もどきを売ろうと大声で熱演していた。

「春の花といったらチューリップにカーネーション。日本ではすみれにソメイヨシノ、そしてじんちょうげ。極め付き、それは誰もが知っているあれだ」

誰もが知っている《あれ》とは、私が想像したものと同じであったのだろうか。映画の寅さんのような演技に似ていたが、無性に気になることであった。

午後の公園脇……向かう人と戻る人が交差していた。向かう人も前進している。戻る人も前進している。両者とも前に進んでいることには相違ないが、その方向違いを単純に前進と言い切るには矛盾があると感じた。

日付不明

なるほど、二人だけの青春と言えば、恋は太陽の下で楽しむに尽きるだろう。静かな街路に手をつないだ若い男女がいた。遠くからは二人の歌声が聞こえたが、すれ違った時には無口だった。間もなく女の喚声がした。私は驚いて振り返ったが、女の姿はどこにも見当たらなかった。

部屋に戻ると、リリーが六つの花を咲かせていた。薔薇は桜と違って私のものだ。私は声をかけた。しかし、リリーは何も語らなかった。私はコップ半分の水をあげた。明日は八つの花が開くだろう。きっと私の為に。

誰もが言う青春とは、二月二十五日

テレビは勿論、本を読んでも、雑誌を捲っても、何々の天才という言葉が頻繁に登場してくることに異議を唱えたい。なぜなら、私自身、もうこの辺で天才というものの定義に終止符を打ちたいと思っていた矢先でもあるからだ。これは前々から抱き、解決されないでいた難問であった。そもそも、いったい何をもって天才なのであろうか。作者や解説者、そして命名者に問い掛けたい。受けを狙っての表題なのか。それとももっともなる定義があってのことなのか。もし、明確なる判断基準があるというのであれば、納得出来る説明を聞いてみたい。

思えば秀才は、歴史の中ではたくさん登場して頂いているようである。けれど、はたして天才は何人いただろうか。大いに疑問である。秀才の延長線にあるのが大発見家であり、大発明家であったように思えてくる。歴史に名を刻んだ大多数の人々は、周りの軋轢にも屈せずひたすら自己信念を貫き通し、偉大なる結果を導き出したのではないだろうか。その秀才達の努力の結晶を、人は総じて天才と呼んでいるような気がする。こう思うと、天才は存在していたのか、いなかったのか、私はいなかったように思えて仕方がない。

仮に天才という個体がいたならば、百年に一人もいれば十分ではなかったか。天才とはそう易々といてはならない。天才は残された謎を解明した人ではなく、謎を残した人であって欲しい。二千年を掘り起こしてみるならば、かれこれ二十人程度は登場したことになるが、はたして誰がそれに該当するのであろうか。あの手、この手と思案してみても、そう簡単には引き摺り出すことなど出来ないはずである。

一方では、天才と奇才は別次元であり、区別しなければならないと思う。秀才は努力家であり、天才は未だに理解不能な謎を説いた人である。奇才は半分以上思考回路がずれてしまい、脳の裏側の未消化物を感じ取り、歪んだ冥想の産物である。これは天才のひらめきではない。天才は脳の正面で思考した人である。いずれ誰かが研究の末に辿り着くであろう世界の創始者と成るべき人ではないか。とすれば、誰もが絶賛する人類史上最大の天才とはいったい誰であったのか。科学的分析でも良い。独断的、あるいは偏見じみたものであろうが、多くの熱い意見を聞いてみたい。

日付不明

記す必然性はないが、記憶に残さねばならない。それは屑入れにゴミを押し込むように電車に詰め込まれた際、後ずさりしながらその圧力に従わざるを得なかった時のことだ。

《温かい》

それは鮮明であったのか、不鮮明であったのか、荷物を持っている指先には判断が難し過ぎた。まして親指で感じたのか、中指が接触したのか、由とする識別など空言のようだった。疑いに及ばぬことは、シャーベット・カラーの頬紅を塗った女の手から感じたものに異論はないということ。

けれど私は、適度な温かさを自ら欲したように受け入れた。さしたるものではないかもしれない。だが、事実である。であれば、この事実を私は何と証明したらよいのだろうか。適度とは説明のつかぬことなのだろうか。ほどほどとはどれほどのことなのだろうか。そうであれば、私はやはりこの甘美な感触を記憶に留めたい……そういうことだろう。

感触は遠ざかっていく。だからこそ誤解のないようにしよう。今にして思うに、私は彼女を生理的な対象にしたわけでもなく、彼女が私にすり寄ってきたのでもない。ましてやたった一度きりの無言の享楽を甘受し合ったのでもない。私と彼女は赤の他人である。しかし、彼女の視線は次第に疑いとともに私の手先に降りていった。結論はこうだ。私は自分の指を見つめた。血色を失った指先は陰欝でとても冷たかった。

日付不明

「何も決められないのに総論賛成、各論反対、それが今の日本です。いつまでも混沌とするこんな民主主義はありますか。何でも即座に決めるんです」

街頭ではどこそこの政治家がこんな演説をぶっていた。

灰色の中に空はあった。半日、行き先のない頭痛に悩まされる。そんな落胆した状況に、間違い電話を装った先物の勧誘が介入した。男は絶対儲かると言っていたが、私はそれほど儲かる話は自分一人でやるべきであると反論した。次に、あなたは特別に選ばれた人だとも言った。私は選んでくれと頼んだつもりはないと答えた。結局含みをもたせた無駄話だった。けれども、それは一時であれ、不安な時を忘れさせてくれた。

夜、昔を回想するような古いシャンソンを聴いた。そのせいか、過去を懐かしみ、愛の後悔を歌う詩を聴き続けると、もう一言追記したくなる。朝に響いた演説のことだ。多様な異見が人の数だけあり、決めかねるのはよくあること。多様化した社会では当然の成り行きとも言える。決める長所と短所、決めない短所と長所……どちらにも問題と課題が残る。そんな気もする。同意があれば反意もあり、中立もある。無関心さえ存在する。一つに決めるとは結局、独裁の姿を変えた独裁に近い。A・スミスは懸命に言っていたではないか。血管が無数になれば隅々まで血液は行き届かなくなってしまうと。
冷静になろう。完璧を求めてはいけないようだ。今日は何から何まで、まるでスウィング・ジャズのような一日だった。

日付不明

東風は吹いていなかったが、梅の花は静かに咲いていた。私は何をしたらいいのだろうか。私に何ができるだろう。戒めか、いや心構えとして、前進する以前に戻ることを学ぶ必要があるかもしれない。少なくとも、私自身を空を漂う飛行船に託すことではない。

墓地の花瓶にはシャスター・デージーが生けられていたが、背後には静寂と言葉にならない言葉が同居していた。

午後、ドキュメント風の映画を見た。それは、死を回避する為に今ある命を次にかけるというものだ。この世には命をかけなければ生きていけない、そんな運命的な部族がいる。感銘を受けたと同時に、少しばかり前へ進むことを学んだ気がする。跳ぶ前に歩くことを学べとは、どこかの本にも書いてあった。多分、間違いない。

帰宅の途中、映画の一齣一齣を回想していると「金！　金！」と派出所前で憤っている男に会った。酒酔いか？　あいつはいったい何者なのだ……そんな疑問が湧いた。金！　金！　金！　と言えば、日本のヤクザ映画にも酷似した決めぜりふがあった。「金があって幸・不幸が語れる。無ければ死」、男はそう言おうとしていたのか。それとも単なる借金のことか……そんな気がしないでもない。胃が時々むかついた。

胃薬を買った、三月三日

気ままな返事は命取りになることもある。気をつけなければ。「夜の八時に！」、そんなお誘い事にのうのうと出向いてしまったことに、あの恐怖の原因はあるに違いない。いったい私にとってあれは、何の気紛れだったのか！　誘った彼らに是非を問うことは出来ない。当たり前のことだ。飢えて飼い主を捜す子犬のように、放浪した私に非があったとすべきだろう。仮にあの時点で他に奉公先を変えていたとすれば、そこでも何かしらの余韻を持て余したに違いないが、毒付いた底無し沼に足を取られることはなかったはずである。

「八時に」とは、判断しきれない時間帯だ。

前兆、それは分からない。途中で何度もピンサロの勧誘を受けた時からそのうぶ声は上がっていたのかもしれないし、すれ違った男達が運んできた他店のアルコールの匂いやメンソールから零れたヤギのたぐいからかもしれない。そして近くの席から何度も漏れ聞こえた「ロリータ野郎のセルジュ・×××は、ブリジット・バルドーを口説き、あげくはホイットニー・ヒュ××××にやりたい旨を直接ＴＶで伝えた」云々の話が災いしたと言えなくもない。

けれど、やはり軽い嘔吐は、店に入り、ビールを少々口にした時に闇討ちのようにやって来たというのが妥当な推測だろう。であれば胃液や唾液、それにアルコールと消化途中の食片の混じった吐息を吐いた時、よりその兆候は具体的に進行していたことになる。そして手汗をかき、意識がもうろうとするまで何かが増幅され、私に襲いかかったことも削除しきれない事実ということだ。

あれはこうだった。いや、その通りだった。雑談に飽きると、私は丸天井から赤や黄の照明が交差するステージの中だった。それは子供がめくる七色の図鑑ではない。雷雨の後に架けられたときめく虹でもない。幻惑する青や緑のスポット・ライトが光の城壁を作り上げては私を閉じこめたのだ。それ以上に七色の蟻地獄は集合と融合の拡散を繰り返し、屈折したまま容赦なくこめかみを狙いすましているようだった。

そして、一斉に追い打ちの歯車が回る。更に拍手が追随する。それは決して銃弾のように硬い鉛ではないが、防戦可能なものでもない。どこかを狙っている。頭髪や爪には無関心だ。そこではないようだ。ではどこに侵入する気なのか？　もう一つが近くにある。緑の光だ。こいつが親玉か？　作動した。真横から直接襲いかかる気だ。それは飛び回る矢尻となって、意識を奪う毒針を私に向けようとしている。緑の光合成は開始され、最前列のミネラル・ウォーターを作り立てのソーダ水に映し替えている。飲み残されたビール瓶は既に発酵したオレンジ・カルピスに変貌させられてしまった。それればかりか、反射を受けたイスやマイクの影は風呂場の湯気となって異次元の修羅場を呼び起こし、安易に床を踏むことさえ拒否している。

私は何をしているのか？　何が起きたのか？　人の姿がかすれて見えなかった。だが相手からは私の全てがお見通しだ。また強い嘔吐を感じる。私自身の激情も感じる。二つの脅迫が生まれた。二つだ。腰砕けになり、俯かざるをえない。何度か呼吸を整えて前方を探る。静止する。何か！　どこか？　確かに何かがあそこにある。暗闇の中から蒼い眼球の弾丸が、狙い澄まして発射される。そしてこちらに飛んでくる。飛んで来た！

「……ウッ……」

私の肉体に何かが入り込んだ。一方的に侵入し、何かに奥深く寄生した。と、すれば妥協のない主従関係だ。強引で敵意に満ち、決して交わることのない水と油のような……あるいはそれ以上の、そんな気がする。

感染してしまった。侵攻は加速している。喉が引きつって声が出ない。視線が定まらない。足が動かない。体は硬直している。脈拍も速い。それはアルコール濃度のせいではない。明らかに違う。異質のものだ。今にも占領されそうだ。

「よそう。降りよう」

私はとっさにそう思った。足首に力を入れる。筋肉が痙攣している。関節のあちこちがざわめきたっている。目移りする。いや、一点を見ることができない。立ち続けることも出来なければ華奢な声も出ない。私は赤い森のジュウタンに座り込み、目蓋を閉じた。それは一瞬抹消される。だが、私には何も見えはしない。体を揺すってみる。すると群れを解雇された何かが雫のように落ちていく。解放されたのか？　否、そうではない。体が多少動くだけだ。むしろ今度は頭の中が逆に回転している。それも益々増幅をはじめ、息を吐く度に中和されない悪臭が時間差攻撃で吐き出されてくる。私は息を止めた。すると吸い込む空気と吸い込んだ息が衝突し、鼻から漏れてしまう。

鼻を押さえる。だが、今度は胃袋が耐えられない。ついに喉元までぬるぬるした内液が上昇する。食道の煽動に逆らい上下運動が繰り返し始まる。舌は縮んでゆく。苦い汁が滲み出す。唾液と胃液が喧嘩しているのだ。まるで嘔吐が内臓ごと飛び出しそうだ。

私はいつしか便器の前にいた。自ら決断したに違いない。そして足元をガタガタさせながら余震に合わせて口を開いた。何も出てこない。零れもしない。間もなく次の吐き気が来る。頭が振動して痛い。口を無理やり開ける。だが、何も出ない。苦い。黄色みを帯びた唾液がゆっくり二三滴糸を引いて垂れ下るだけだ。

「ウー！　ウェー……」

私は怒りとともにタイルの壁に向かって拳を振り上げた。

「クゥー！　ウッ　ウァー！　……」

痛みは声帯まで達した。周りの血管が破裂しそうだ。扁桃腺もやられた。目蓋から涙が流れる。零れた涙が口に入る。一滴が入り、二滴目が待機中だ。口からは更に零れる。雫が更に伸びようとしている。視界を拓き、避難すべき場所を確保することがまったく出来なくなった。首は重く垂れたままだった。

その後、残された選択肢は呼吸を繰り返すだけ。それしか出来ない。それしかない。助けを求める者にとって必然的なものだった。私は体の一部が身動きし、新たな動作を試みていることを感じた。それは人差し指がある方向を目指し、他の四本は異議無しの意思表示をしていることだった。いつかどこかで経験したように、在るものと在り得るものの全てを強制排除しようというのだ。

口元は恐がっていた。歯をくいしばり、唇を縫い合わせて密封し、指を挿入させようとしない。指と口はわたしの体の中で選択の是非を巡って反駁し合っている。同じ肉体の中で各々別々の意思決定があったのだ。

とうとう指は最後の手段の如く口元を強引にこじ開けた。息が詰まり、窒息しそうだ。

だが、妥協は受け入れられない。指は手術台に乗せられた肉片を切り裂くメスのように容赦なく行き着く限りの奥底を目指している。

……その指がある位置で止まった。何かを感知したのだ。適度な保温があり、暗く湿気のある洞窟の中にあるザラザラした箇所だ。何かを察知し、感触があったのか、嘔吐本丸に近い砦に突き当たったのか、それは定かではない。だが、確かに嘔吐の住居であるアジトに辿り着いたようだ。ここならアメーバーのような彼らが誰にも暴露されることなく突起の背後に身を隠していても決しておかしくはない。

指は闇の中に潜む嘔吐を無理やり誘導し続けた。指を曲げ、釣り餌のように誘っては引き、彼らの出方を待った。指の先に溜まった雫を何度も垂らし、彼らの反応を待った。

反応は、速やかではなかったが、やがてそれらは彼らからじわじわとやって来た。最初は見慣れないもののせいか胃袋の臓物を押し当てカモフラージュこそしていたが、格好なる餌と分かるや爪の先の雫をなめ尽くし、指の周りに絡みつくように擦り寄ってきた。長くて短い緊張の時間は暫く続いた。酸欠の後に内出血が起き、薄い鮮血に食道が染まり始まると、私の指は嘔吐の油断を狙い、指を一気に引き抜く機会を窺っていた。

けれども、彼らは必要以上に用心深く、ある位置までは興味があるが如くに体を覗かせるものの、ある境界からは一歩も踏み出す様子は見せなかった。まして私の肉体の外に踏み出すことはなかった。

日付不明

待ちに待った日曜日なのに、私の胃袋は目前に並んだ調理を受けつけなかった。私は昨日からろくなものは食べていない。それでもモーニング・セットは運ばれてきたままだ。昨夜は、油のぬるぬるした舌触りに嫌気がさしたが、今朝は見るからに鮮やかなこの野菜の色彩が私を惑わしている。ほんの短い根の付いた赤カブ、筋の際立つセロリ、苦そうなサニー・レタス、オレンジと張り合うサクランボ、ブロッコリーやポテトの上にはじかれた橙色のドレッシング、隣で護衛するトースト、泡を含んだ廃油に見えるコーヒー……それらは気持ちを平常心に戻し、疑念を持たずに食するには不似合いな組合せのような気がした。

とは言っても、何かが変化を起こし、あるいは変化の真っ只中にいるのだろうか。今までの味覚が慢性化したのか、あるいは味覚を感じない障害に陥ってしまったのかは定かではないが……。ただ、何度もこのセットを注文し、それをいつも悪い気はしなかったことを思えば、そうではないと信じる。永年にわたって何かを隠そうとして膨張する縁を立ち切る為に、拒絶したのでもないだろう。

……確かに違うはずだ。拒絶では決してない。きっと赤や黄、そして無数に刻まれた緑の色素を噛み砕き、胃袋に放り投げては詰め込むことにひどく抵抗を感じているのだと思う。胃は全てを受け入れるものなのだろうか。一旦毎日食べ続けることが日々の祭事に組み込まれてしまうと、不安に思うところなど何もなさそうだが、疑義が介入した際には、過酷で逃げ場のない強制労働にも思えてしまう。一円も生まれてはこない労働だ。

無論、拘束が長く続き堪え難い時にあっては、なぜなのかと疑問を呈し、食べる行為の背後に潜んでいる卑劣なる陰謀、その不可解さを追跡しようとした時がなかった訳ではない。しかし、それはかえって判別出来ない迷路と理不尽な進路妨害に付きまとわれることになりかねなかった。許諾なしには半歩たりとも不可域に潜入することは許されなかった時が何度あったことか。もし、不用意にも余り余って危険を承知で侵そうものならば、数珠の没収のみならず、過失の釈明は無難な判決をかちとる為に難関な弁明となってしまう。どこで、誰が、何の為にどういう根拠で誤ったのか……そんな反復される問いが執拗に繰り返され、収拾に辿り着くまでには想定外の時間を費やすことになってしまう。食は決して容易な流れ作業ではない。むしろ体調を壊した際に訪れる堪え難い苦痛のようだ。

・・・・・・・・・・・・・・

この一年で私が得たものは……三日酔いに似た記憶を引きずりながら旅をしたが、それは時間が停止した部屋に残留したかに過ぎないような気がする。仮に変化があったとすれば、体が自由に作動しなかったばかりでなく、昨日の無意識な溜息が今日の新たな疑問になり、真実と事実の区別から遠ざかったものに近いだろう。真実と事実は思考した結果とそのもの自身であり、生まれも育ちも異質極まりないものである。

もし、事実を全て真実とするならば、真実があまりにもあり過ぎることになり、真実に限定してしまえば、事実は無視されることになるだろう。なのに私は何をしていたというのだろうか。事実は真実なのか、真実が事実なのか、この謎は事実が重なり混沌としていくばかりだ。この葛藤と矛盾の納まる矛先は未だに見えない。濃い霧の中だ。それはこれからも私の周りから離れることはなく、半永久的に付きまとうことになるだろう。

だが、今私はあえて事実をここに記す。道路には車が走っていた。塩はしょっぱく、砂糖は甘かった。酒にはアルコールが入っていた。湿ったライターは最後まで火花が飛ばなかった。ゲート・ボールをしていたのは老人達だった。風は東側から吹いていた。テニスの少年はスポーツ・ドリンクをくわえ、野球選手はコーラを飲んでいた。映画はテレビより迫力があり、画面も大きかった。女はやけにはしゃいでいたが、男は黙っていた。看板の黄は赤みがかかり、白は灰色に汚れていた。ホット・コーヒーは時間がたつと冷たくなった。アドバルーンは下から昇っていった。空には雲があり、夜には無数の星が出ていた。コインは落ちると音を立てて転がった。電車は時間通りに到着し、定刻通りに出発した。猫が犬と睨み合い、大声を出していた。タバコは吸い過ぎると指先が熱くなった。信号は青の次に黄になり、そして赤になった。歩行者は歩いては止まり、止まってはまた歩き出した。飛行機は空を飛び、船は海に浮かんでいたが、その後には走りだした。鳥は翼を拡げ、花は風に揺れていた。トンネルの中では皓々と光が灯っていたが、街灯の光は点灯さえ見えなかった。泣いている子供はいたが、泣き叫ぶ大人はいなかった。ガムは暫く噛むと味がなくなった。買い物をするとつり銭とレシートが付いてきた。タクシーに飛び乗る男がいれば、タクシーから一目散に飛び出す女がいた。デパートのマネキンは新着の服を着ていたが、天井を向いていた。朝には早朝割引の看板が出ていたが、昼には違う看板に替わっていた。「バックします」、「バックします」とトラックは復唱していたが、前進する際には一言も発しなかった。九時にはシャッターが閉まっていたが、十時半には開いていた。レストランから音楽が聞こえ、パン屋からはミルクの香りがした。作業員はヘルメットを着用し、警察官は棍棒を携帯していた。すれ違った女は何かを口走り、男は何かを小声で歌っていた。バスは停留所に停止したが、誰も乗せずに発車した。二時の次には三時になり、三時の次には四時になった。そして時計は四時を回った。四十三ページの次は四十四ページになり、五、六、七と続いていった。水道水はそのままではいつまでも水だったが、沸かすとお湯になった。駅前のあの男と女はいなかった。けれど、違う男と女がいた。コピーはまったく同じように描き出したが、わたしは同じようには書けなかった。鈴木という男のネームは今日も同じ鈴木だった。山は、『ヤマ』と読み、『サン』とも読まれた。エレベーターは上に上がると一息した後、下に降っていった。女は階段で五歩上がって三歩後戻りした。電話に出た女は『ハイ』と返答したが、名前を問われた男は『ワタクシデゴザイマス』と答えた。

記述可能なことでさえ多くの出来事があった。だが、それ以上にあえて記載しなければならないことがある。私が見たもの、私が聞いたこと、私が立ち止まり、私の内で、私が感じた、明らかに、間違いなく、疑いなく……それは『嘔吐』。

日付不明

いつの間にか記憶から遠退いてしまった古い曲ではあるが、思い出すほど懐かしくなってしまう。《ホテル・カリフォルニア》の歌詞カードを読んでみた。それはキザなセリフではあるものの広大なアメリカの情景を浮かび上がらせてくれた。

ハニーのお気に入りは、ティファニーのランプとメルセデス・ベンツ……これはレストラン内の一齣だろう。この相容れないコントラストな表現が驚きものだ。そして、ワイン一杯との注文に、「一九六九年以来置いてませんぜ」とキャプテンが堂々と返答している。通常であれば、「扱ってません」が常套文句というもの。もしかすると、発表が七六年であることからして、十年前に遡った背景を示唆しているのかもしれない。もし、意図したものであるならば、なかなかお目にかかれない詞というものになる。無論、そこまで詮索する必要はないのだが……。

今は何でもデジタルに置き代わった。時にはアナログな過去を廃棄する時代にもなってしまったが、実在したホテルで作曲したとも聞けば、サービスの悪さにがっかりするかもしれないが、空想を満開にして時間を戻して泊まってみたくもなる。

聴いてみればそれでもギターのイントロだけで熱い感情が沸き上がってくる。血液がざわめき出し、毛細血管から歓声が聞こえてきてもおかしくない。まとも過ぎる社会からはみ出した野郎達が創造した歌詞だが、ロックならそれも結構ではないかと思った。ロックには純粋なる恋愛恋歌など必要ない。めったにお目にかかれない冒険的な作詞だ。計三回ほど聴いた。しかし、音楽で垣間見る瞬間は曲の終わりとともに縮小していった。もうこの感情の追跡は不可能だ。絵画の記憶は欠けてゆくものだが、音の余韻はいつのまにか消えてゆく。

・・・・・・・・・・・・・・

翌日……最終的に二枚のトーストを焼き上げた。香ばしい匂いが立ち上がり、音楽も響いていた。マーガリンの味を平均に拡張する味覚があれば十分であり、穏やかなG線上に乗っている気分にもさせてくれる。だが、私はメロディを感じて食欲を喚起することよりも、むしろ長い間浮遊物に接触しない放心状態になりたかった。無風なる地平線と言えるかもしれない。外部から刺激がないということだ。つまり、感じることはあっても考えることは何もなく、さりとて覚醒することのない眠りについてしまうのでもなく、重力に見捨てられた飛行船に揺られているかのように。

あのデカルトによれば、私に意識が無いとは自身が存在し得ないことになってしまうようだが、はたしてそれはどうであろうか。世紀の名言に対して大変失礼だが、大いに懐疑的になってしまう。彼にとっても眠いとは想定外の領域に違いなく、おそらく定義にいたるほどの力説は生まれていないはずだ。定義は一部の人間の知を雛壇に載せてしまうが故に、ある所で綻びが生じ、ある面で全面信用にいたらないのだ。彼は名言を言ったが、我眠いが故に、我在りとは誰が賛同するだろうか。眠い時には意識は睡魔に呑み込まれているはずだ。その時にはこのテーゼは何も、何も意味をもたないだろう。

日付不明

指が思う通りに動かなかったが、別段大騒ぎすることはないだろう。私が窓の明るさに気をとられ、中身が乏しくなったタバコの取り出しをしくじっただけのことなのだから。多分、箱の中で起きている数本の内部分裂を見抜けなかった為だ。軽い過失のような気がするが、それでもこれからは箱の中の彼らにもそれなりの事情があるということを察し、考慮しなければならない。同様に仕事中に二度間違えた電話のダイヤルも、単に指が滑っただけのことと決着を図っては簡易な事務処理になってしまうだろう。何が起きたのか身辺を津々浦々まで精査する必要がある。意に介せずにしてしまうつまらぬ結果にも、何かしら無視出来ぬ要因がたむろしていることが多いからだ。後々気付くことではあるものの、知らずして知ろうともせずに見過ごしていることが多岐にあるかもしれない。

・・・・・・・・・・・・・・・・

その後のこと。この類いは、官庁筋では頻繁に囁かれる天下り話と私は理解している。十倍返しと絶叫し、銀行を舞台にしたテレビドラマの陰謀ではなく、それを暴こうとする先が見えないサスペンスに満ちた戦略バトルでもない。思い出したように上司は、部下を相手に半日にも及ぶ身の上話に酔い潰れていた。

「いやぁ、道を誤ったかな。小、中、高はトップだというのに毎日塾通い。学校と家はタクシーで往復。春夏秋冬休み無しの上、さらに五点アップを目指して模擬試験と予備講習の十連ちゃん。両親は東京のT大学しか認めず、法科に入学してご褒美二百万円」

「すごいですね。勉強が好きで、何でも百点だったんだ」

「だけど、また猛特訓の連続。入省をはたしてドイツ帰りの姫と結婚。悪妻の趣味はロシア語。私の専門は金融相場と固定資産の健全化。退職金上乗せしてここに来たけど、まぁ、いいか！　妥協も必要。だけど、一生は、苦労の連続だね。マージャンの待ちパイ以上に先が見えないよ」

月二百五十万円の高給取りともなれば羨ましいとも言えなくもない。だが、反してごねた姿は哀れにも見えてくる。誰であれ、愚痴る姿が輝いて見えたことはない。無論、私もそうなのであろうが……。昔なら戦に負けた落武者が悔しさを込めた回顧録でしかないはずである。私にとってみれば……天下りとは目前が霧であったにしても、先が見えうる所まで駈け上がり……天下の称号が取れなかった中小大名の掃き出し作業としか思えない。後輩は多くいる。後々が閊《つか》えているからだ。そこで、ハシゴを外された小城主からこんな嘆き節が漏れてこようとは、自己反省会でも行ったのだろうか。

確かに人は誰しも後悔の二三はあるのが普通だろう。世界に名をなしたあのノーベルでさえ資産家になるや信じた先の裏側から思わぬ崩壊がやって来たではないか。貧しい少女を囲っては豪邸を与えたものの、それは皮肉にも不倫のアジトとなったようだ。たゆまぬ努力は成功に導いてくれたとはいえ、来る未来には想定外の贈り物をされ、そして受け取ったことになる。築くはずの理想は遠退き、現実さえも仮面に被われてしまったのだ。彼が純粋極まりないものであったとは正直思えないが、女にも感謝の気持がなかった訳ではないはずだ。しかし、相反する小悪魔が寄生して自己本位を企み、油断の甘い密を食いあさっていった。理想だけでは、夢見る先々などいつも隠れたゴキブリに舐められてしまうということだ。高貴な期待と美しすぎる理想ほど、失望は大きい。しかるに叶わぬこと……どこにもあるのが当然ということになる。

だが、これは首を傾げる。それ以上に後悔そのものは前頭葉血管が破断し、思考回路と現実把握が混線……そう判断しても的外れにはならない気がする。そうではないか。自身に上積みされた自慢と優越感の裏で夢に追随する一部の無念話……例えるものがあるならば、それは事前予約もしていない朗読会に突然鉢合せしたようなものだった。

思うに塗り潰し、更地に埋めてしまいたい過去の時系列を、なぜこの場でお披露目する羽目になったのか。私には受け入れる準備が出来ていない。彼もまた受け入れられないでいる我々を分かってはいないようだ。自己主張か、あるいは単なる気紛れか、感嘆符に疑問符が重なり合ってしまう。直に言えば、人も哀れむ苦悩というものであるならば、いくら懐疑的であろうとも耳を傾ける義理もあろうというものだが。しかし、それも何から何まで自己完結の怪しいものになってきた。怪しいどころか疑いの手を伸ばそうとも誰一人拒否の旗を上げることはないような気がする。

とは言え、こうも言える。詳細と信憑性が乏しい上に私の勝手な記憶の再現とも言えなくもないのだが。ソロモン王は千人以上の姫君と毎晩遊ぶのに時間がないとぼやき、あのヒトラーも野望の果てに人知れず悩んだという。この戦争をいっきに拡大させ、早期決着を図りたいが、領土と兵力に乏しいドイツには時間がまったくないと。私も同様だ。残された思慮する時間はまだ残されていることは把握している。だが、熟知するまでの余裕はそれほどない。

領主のいない土地はない、と格言ではよく言っている。それはごくごく納得出来ることである。なるほどと思う。いかなる事柄も視点を変えて検証を行うならば、何らかの根拠が見えてくるからである。相関するものの背景の背後まで透ける時がいつかはやってくる。原因なしの無表情な意味のない結果はない。そう思うと氷が頂点から溶け始まるのが分かる。そびえ立つ氷山の背後などまったく見通し不可というものだが、それらの突出した頭を切り落としてしまうならば平坦なる海の草原も顕になる。海水に山や谷の凹凸はないからだ。

そう、彼も今まで短距離競走だけで生きてきたのではないことぐらいは承知している。概して話の要旨は優越感の漏れ水のようではあるが、それはあくまで誰もが思う……そして私も時には好んで使うこともある社会通念上の見栄事とも思える。実のところ、彼の真底には悔やみきれない堆積物が引っ掛かり、今をもってしても完治しきれない傷痕が散乱しているのかもしれない。彼は選ばれし者だけが通れるハイウエイを突っ走り、私は山岳道路の砂利に阻まれ、前進しない悪天候の中にいる。車だけは同じ方向を向いてはいるようだが、私と彼は交わることのない高速と山道を歩んでいるようだ。目的地と到着点も間違いなく予測不可な地になるだろう。

考えれば、信じるか疑うかの両者には競走馬と野性馬以上の格差があることを実感してしまう。芝生で毎日調教され、高価な野菜を食べる毎日と、野山の雑草を食いあさる日々では格段の差が生じることになる。手入れの差だ。ただ、そうだとしても、話し相手の一員として皮肉混じりであっても善意の寄せ書きぐらいは添えてあげられそうだ。聞く、聞かないは貴殿の勝手。懸命なこと、それはライバルの男と夜な夜な火遊びにふけっている奥方には賢い警察犬でも用意されたし。らしきもののない所に噂の煙は上がるまいと……そう申し送りをしたい。

それでも、「お給料高くて、T大卒ってすごいなぁ……若い人はみんなそう思っていますよ、ねぇ！」

「歳を取ってくると分かるって、人生はそういうものじゃないよ、なぁ！」

逃げ場がなかった。非難所もなかった。私はどうすればよかったのか。二人は、朝から相反した同意を何度も突きつけてきたからである。出来ることなら話の合間には嘘の忌引きでも使い、退散して頂きたかった。どこに行こうが、そこまでは指示するつもりはない。それが本音だ。なぜなら、それはどう転んでみても両人の範疇であり、私が諭すことではないではないか。時と場合によってはチョコレートの善し悪しなら参入もまんざらではないが、それでも私個人の甘味と苦みの趣向でしかない。ましてや彼らの主観に私が介入……右があれば左もある。どちらでも可である。個人がそう思うのであればそれで結構ではないか。同意は不可であっても、反論はない。私は今までに縁はなく、これからもないであろう宝くじ当選確率の論議に、意義を唱えるつもりはない。

・・・・・・・・・・・・・・・・・

誰かに誘導されたわけではない。半日も時間をかけたというのに、最後の顛末は名前のない無人島に漂着するようなものだった。座礁しなかった分、良しとすべきだろうが。

結局、最後まで同意しかねる見解を前にして、否定の一言は回避し、「よく分かりませんが」と帳尻を合わせる事態になった。Wはいつからなのか、習性に近い貧乏揺すりを止めることなく、お口の芳香剤をカタカタさせながらこう締め括った。

「歳の差かな？　……！」

・・・・・・・・・・・・・・・・・

人はどう判断するだろうか。諦めか、あの一言は。年配者の常套句だ。そうとも言えるかもしれない。私も同様ではあるが、人はどうしてこうなってしまうのだろうか。ただ、それは消化するには意外に骨の折れる捨てぜりふに違いなかった。相当に難解であり、対処するには胃薬を用意し、衰弱した胃腸を元気づける整腸剤も何錠か必要になってしまいそうだ。しかし、速効なるものはどこにもない。時間をかけて活性を待つしかない。そう受け止めたのは、街の色が人影を消し去る頃だった。闇が自由に勢力を増す時だ。

それにしても今朝、この私が、「よく分かりませんが」と丁重に即答を回避したのは、彼らに気を巡らし遠慮したのではどうもなさそうだ。今、そんな気がしてきた。むしろ「よく分かりませんが」と過激ではないまでも迅速で、実に見事なまでの返答であったと確信する。それは私の率直な意志であり、彼らに見て見ぬふりをして進行中の話を頓挫させまいと気を配ったのでは毛頭ない。私は出来すぎたほどまっとうに答えたのだ。あの返答は紛れもなく自身で成せる主張であったはずである。

あえて再度弁明を余儀なくされるのであれば、私は四十四歳。彼女よりは若くはない。しかし、Wよりは歳を取ってはいないということ。若くはないが、そろそろの年配でもない。ただそういうことだ。それ以上でもそれ以下でもない。そう言わずにはいられない。ついでにこうも補足しておく必要がある。この歳が頂点という訳ではないと。奇しくも同じ年代の疲労した後ろ姿を多数見れば……全面否定だけは身の保全の為に遠慮し、そして遠退く、それはどう見ても妥当と言うものだろう。適切なものであったと言いたい。なぜなら、Wの語る人生垢を洗浄し、そして下水と排水の処理まではとうてい出来ないからだ。後悔を浄化出来る洗浄槽などはない。時間というものが存在する限り、まったく不可である。おそらくきっと、これからもそうだ。

今日の最後は　嬉しい目撃だ。リリーが元気になり、花びらが十二に増えた。この気持をどう顕わそうか。きれいだと伝えられないのが残念だ。黙って微笑んであげよう。

日付不明

見たことのない驚きの生映像だった。猫の話だ。犬ではない。無論野獣でもない。横断歩道で左右の確認を行い慎重に足を踏み出す姿に圧倒されてしまった。危険な車の往来が左右にあることを把握しているのだ。数人の往来者は立ち止まり、車のドライバーは身を乗り出して拍手を送っていた。誰が飼っているのやら。街に生活する猫は、とうとうここまで来たのかと思うばかりである。猫が仕切る惑星でさえ進化次第ではあり得なくもない。

この先、誰かに話す機会があるならば、この件について真っ先に説明しよう。多くの人は笑うだろうが、一人ぐらいは信用する者もいるだろう。

朝入れた冷えたコーヒーを夜の合間に飲んだ。それらしき味の残響はあったが、あの香ばしさはどこかに行ってしまった。コーヒーは、やはり作り立てが美しい。そして旨い。香りだけでも十分だ。時は過ぎて行くだけではなく、核心なる何かを消し去ってしまうようだ。香りはどこに消えたのだ。

日付不明

桜が列を成して咲いていた。どこから見ても美しい。わくわくするし、これを美と言わずにはいられない。きっとこれらの花びらには人を陥れる毒が無いからだろう。無毒なものと言うのは、そうざらにはない。桜はみんなのものだ。嫌いと言う人はいないはずだ。出来るだけ長く楽しませて欲しいものだが。

・・・・・・・・・・・・・・・

時計の秒針を追いかけていると、私は一秒たりとも休むことなく時と競走している心持になった。我々は、時計を窺っているのではなく、時に遅れまいと必死になっているのかもしれない。何故にか？　一秒は爪先で、半日は僅差で、一日は誤差の範囲でその距離は拡張されている。それ故に、人は現在のこの瞬間をいつまでも保ち続け、後退し過去となる箱に入れられることを嫌っているのかもしれない。過去は身動き出来ない缶詰だからだ。

そもそも、と言う言葉があるが、寿命という宿命が延びてきたのは肉体が強靭になったからではなく、時間を追い掛ける体力が向上した為であると考えてしまう。同時に時間を追う意志の延長ではないかと。十二歳の子供が大人に見えてしまうのは、時間を追い越した差であり、二十五歳が三十過ぎになってしまうのも追い越された距離のことかもしれない。これらの差が溜まりに溜まった時、諦めの意志は肉体と繋がる糸を完全に切り離し、心臓を停止させる。有は無となって過去のドラム缶に仕舞われることになる。そして蓋は閉まる。

日付不明

今日は春というよりは夏に近い日差しが降り注ぎ、風も優しかった。公園では子供の疳高い歓声が沸き上がり、若いカップルは楽しそうにバドミントンに耽っていた。何度も鳴り響く行進曲、綿飴の香ばしい匂い、ジェット・コースターの轟音、絶え間なく販売機に落ちるコイン、そして折々にシャッターを切るシーンがあったことか。不安を感じ、動揺を繰り返してはもがいている私の日々からすれば、これは日常のごくごく普通の一齣と言うべきものなのかもしれない。

こんな時には暗闇で散歩する不安から解放された平和な気持になることが出来る。なぜなら、幼児が吹いたシャボン玉……想定がつかない着地点まで私が追いかけていたのだから。虹色のシャボン玉を追いかける意志が私の内にある私というべきか、それとも私以外の私と呼ぶべきなのか、意識は何度も再起する手順を踏みつつも癒されていたことになる。何一つ懐疑的になることはなかった。平和な一日だった。

日付不明

雨の季節が長々と来る前に、田舎への旅に出た。山は緑、野原は緑、田畑も緑、全てが緑の中にあった。時は静かに歩み、朝夕には茂みの中でヒバリが鳴いていた。宿の主人は田舎に残された味付けを施し、遅出の竹の子と山菜の炒め、牧場からの牛肉、山葡萄の苦いワインを勧めてくれた。

不満はなかった。全てが落ち着いていた。恐怖で暴れ出す粒子は、波風を立てることなく平和の中にあった。木々の葉が擦れる音階と小さな滝の連打、そして鳥のさえずりと人が話す言葉の他には何も存在しないかのようだった。事実、車のエンジン音と暗闇の中で生じるタクシー利用者のドアの開閉にいたっては、目蓋にめまいをもよおす不協和音になっていたのだから。街が私に毎日強要してきた暗号と合図はここにはない。

思えば足音の羅列、信号機の自己主張、マイクのエコー、救急車の暴走、呼び込みの挑発、照明の乱射、文字の反乱、ポスターの洪水、ゴミの祭り、車の泣き笑い、一方的なアナウンス、スクランブル交差点の左右と前後の混乱、原始人に戻ったような化粧、生臭い香水、濁音となって流出する街路の音楽、昼食時地下に集まる常連達、早い者勝ちの席、数日前から行列をつくるマニア、夜になっても眠らない好色達、携帯に群がる男と女、何を急ぐのかエスカレーターの追越し、ティッシュを無造作に配りまくる不審な輩達、どこからも聞こえる英語のアナウンス、これら全てが私から遠ざかったのだ。だからこそ過去に味わった溢れるような快感に再会することはなかったが、当然のように私を食いつぶす絶望感に怯えることもなかったのだ。熱い炎も遠ざかるにつれ、肉体は冷却されいつしか優しくなるということだろう。

しかし、一方で緑は私を静かに、穏やかにしてくれることはあっても、どこからも何も与えてくれはしないことを知らされた気がする。むしろ、緑は私を丸々と覆い隠し、私が求める、その何かさえ奪っていくような気がした。つまるところ、私が追跡すべきものはここに駐屯しているものではなく、四角いビルや誰もが模造になってしまう都市のどこかに宿っているに違いないとさえ思えた。かつて自然に帰れと言った賢人がいるが、沈黙に身を染めた緑の山々ではなく、物の騒音や無数の足音、そして失望や落胆がむきだしになった摩天楼の中に塗り潰されているのではないか、と。人が欲望の為に創作した物の背後に……。

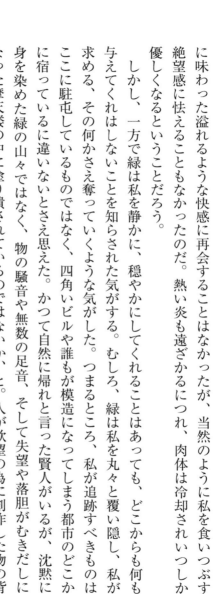

日付不明

私は何かを感じているが、目には見えないものを探しているようだ。これは明らかである。それ故に今までの視点から物の見方を替えなければならない。それも大胆に。
※光、空気、影、太陽、場所、状況、夢、気分等……全ての現象というものを非日常的にして解析することも必要だ。その先には何かがあるはず。
※会話の意味を抜き取り、事件と事件とはならない不可抗力の意味を探ること。例えるなら……。

日付不明

私は行き場のない難民ではないが、この地上で皆が待ち望む安住の地はあるだろうか。暫し考えてみた。難しいことである。結局のところ結論無しになりそうだ。なぜなら、目と耳に日々押し込まれる事案は、とうてい解決出来そうもないからだ。旅客機は墜落し、船は数分で沈没。電車は脱線、車は炎上、河は大氾濫、山は噴火と崩落。人が集まれば拡声器を投げ捨て乱闘騒ぎ。金が無くなれば強盗と殺人。健全をうたう裏では不正と虚偽報告……こんなものが私の周りを踊っている。

というものの、はたしてどうなのか。疑問だ。これらは予期せぬ不幸な出来事のように送られてくるが、あながちそうとも言い切れないとも思えてしまう。我々は自然を自由に創造したのではない。それらの隙間に思うところの何かを構築しようとしているだけのことではないか。人は全ての支配者でもない。従ってその歯車はかみ合うことばかりではなく、時に事故と事件は当然なる自明の理とも言える。空を飛び廻れば当然落ちるだろう。海を渡れば沈むに違いない。レールは外れるだろう。マグマは噴き出し、雨は地盤を弛ませ、河は物を流すだろう。人は一方通行でない限り方向違いを起こす。私も何度通行者と衝突したことか。金は有る人から奪うのが手っ取りばやいことになる。それが最短距離の結論だ。不正と虚偽報告にいたっては成金になった何よりの物的証拠でもある。全てはうまい訳にはいかない。

調和とは何なのか、分からなくなってきてしまった。天秤が両脇で揺れ動く。私が思いつくものとは相反しているものがあまりにも多い。調味料の割合とはまったく次元が違うようだ。しかし、想像を拡張させ続けた後に的を絞って収縮を行うなら、考えもしなかった到達点に辿り着きそうだ。かつての恐竜が辿り、今の肉食獣が未来に遭遇するであろう皮肉な運命に近い。

人は自らの結末を知らず、また知らされることもなく、絶滅のお墓と棺桶を作り続ける結末になるかもしれない。時間が続いてゆく限り人は進化するだろう。またしなければならない。それは必然だ。故に進歩と前進は必要不可欠。しかし、その中で循環されていることは、有限が有限を食い尽くすということでしかない。無くなった有限が異なる有限になるのであれば、救いの道も拓けよう。残念ながら無なるものからは無しか出てこない。

今後、分子や原子が究明されたなら、生命論理の一から十ぐらいは説き明かされもするだろうが、生きる問いの解決には至らないぐらいは分かりきっている。この問いに絶対なる答えはあったためしがない。ましてや時というやっかいな先には何が待っているのか。想像もつかないし、考えると気分も悪くなってしまう。自然摂理のもとにある全てを人は侮ってはいけない。ただ、そう思っているのはこの私だけなのか。

もし、このまま詭弁を真顔にすえた科学が罷り通り、進入禁止や一時停止の罰則が無きものになってしまうならば、ＡＩロボットが人の幼稚さに不要論を唱え、その挙句全面支配する日もあながち遠くはないことになる。いや、もう大変革は進行中ではないか。未来の為に構築した経済は、最大公約数ともいえる労働力をＩＴの餌としておやつ代わりに与えるつもりでいる。また、経済は更なる手も準備中だ。近未来で待ち構えている金融の受取り人は、昼と夜で構成される地球一周を一刻も早く減退軌道に乗せ、夜無しの一日を模索している。

同時に、金もまた二重人格者の片鱗を覗かせ始めた。まだ世界の誰もが気付かずにいるようだが、金が世界を旅した時から独立宣言が発布され、今では人を主人とは微塵も思ってはいないはずだ。それどころか、金の国際連合まで思案中とは……どういうことなのだ。かつてサミュエルソンは、金は計算可能である。従ってその延長である経済は数字で定義しなければならないと提唱した。けれど蓋を開ければ計算出来るのが経済であり、電卓で追えないのが金であることに気付くことはなかった。結局、彼は後で追えるのが金と言ったものの、金の秘めたる戦術を見抜けぬまま社会でうごめく様相だけを把握しようとしていた。挙句にまだ金の流血はないという嘘の上塗りまでする片棒を担ぐ羽目になってしまった。金は決して本性を見せていないのだ。今後、金は徹底して自己反映の為に裏の意志を膨らませるだけでは事足りず、自身の価値を上乗せする為に多くの人を捕虜にしてゆくはずである。こき使って札が憐れみから涙で濡れることはこれからもない。

なぜ、このような状況になってゆくのか。かのマルクスさえも分からなかったことだろう。彼は資本主義の矛盾から生じる歴史の必然性を必死に唱えようとした。確かにそれはそれで正論であったに違いない。だが、社会主義制度と言えども金なくして何も出来ないこと、労働者は羊の生活が出来ればそれ以上のことは盲目に過ぎないことぐらいは理解していてほしかったものだ。国家と経済の過失はそこに尽きる。にも拘らず、革命を急ぎ過ぎた結果、突然変異で生まれた建国万歳の大歓声に呑まれてしまった。万事が完成したのは一瞬のお祭りに過ぎなかったのに。まさにそれは一度落としてしまった爆弾のように、後に戻れない致命的な誤発進だった。

一方で、社会主義はそれはそれで西と東の均衡の防波堤を担っていたことをどれだけの人が理解しているだろうか。冷戦とも言われた時代にソ連と言えば何もかも悪の寄せ集めと言われてきたが、意外にも自由主義の暴走を阻止する信じがたい役目もはたしていたのだ。だから資本の流通にも制限がかかっていた。けれど、名ばかりの集団指導で自由の無邪気さを見逃し粗雑に扱ったが為、じりじりと鉄錆とともに侵食されたばかりでなく、土台まで蝕まれ自滅の道を滑り落ちることになってしまった。

この結果、自由主義陣営ではどよめきとともに宙に舞い、抑制が無くなった資本を一人歩きさせることになってしまう。これは大失敗だった。誰かが気付いた時には歯止めのない社会、つまり、風雲児のような国家倫理を誕生させてしまった。ここに成功の裏で不用意にも撒き散らした自由という名の暴発遺伝子をつぶさに見てとることが出来る。

それだけではない。勝ち誇った資本主義列強は投資に見合う利益を更に増幅させたい為に、マネー・ゲームを連発させ、金が泡になった後には労務費削減……人不要の酵母を大量に培養させることになる。金をゲームにしてはいけないのだ。そして、更には一部の知的犯罪予備軍によって自身の死後に蘇るサイボーグという命の多様性を秘密裏に計画させる時代にしてしまった。駒を回すのは人であるが、回り過ぎると回っている実体が分からなくなってしまう。そうなる日も近い。

・・・・・・・・・・・・・・・

歩道を暫し歩くと、めまいがした。これはニーチェが密かに楽しんでいた日々のそれとはまったく別なるものだ。彼はめまいという狂気の快感を故意に謳歌していたが、私はカミソリの上で乾杯しては血塗れになるパーティを望みはしない。真しやかに代々引き継がれてきた価値を真っ向から却下した後に創造した歓喜のお遊びが、脳震盪のようなめまいだったと言うのだろうか。もし、そうだとしたら、仰け反りそうな話だ。そうではないか。尋常ではない。めまいが楽しみになってしまうとは何と大胆で危険極まりないことであることか。多分、発狂が近くなり、超人創造の幻覚とともに飛び出した最後の雄叫びだったのかもしれない。おそらくそうに違いないと確信する。

さすがにあくびと称するものからはどんな偉人とて創作力を無くした浮き世の後悔事か、意味不明な戯言しか生まれてこなかったはずである。ニュートンはそもそも何から転じて疑問の渦に入り込み、ゲーテは物語の前に人の生きざまをどう見ていたのか。アインシュタインは宇宙というものをどこまで辿り着けると想定していたのか。ダーウィン、そしてミケランジェロは死を直前にして何を口走ったのだろうか。あまりにも素朴なことではあるが、臨終の遺言に近い一言ともなれば興味関心は深まるばかりだ。よく言われてきたことだが、戻ることの出来ない過去の歴史に対して、もしもという仮定は禁句であるのは当然のことと理解はしている。けれど、詮索程度であれば可能でもあると言ってもらえるならば、不謹慎極まりなく失礼であることを承知の上でも聞いてみたい。

そんな欲求が幾つも、そして何度も込み上げてくる。以ての外、そして不可能であると言われればそれこそ尚更である。

太陽を二日も見ないと恋しくなる。拝みたくもなるし、淋しささえ感じる。ところで、陽はまた昇るが、また沈むと言い放った野心家はいたか否か。この愚問に何人の人が同感していただけるだろうか。記憶をいくら辿ってみても、克明に思い出せる人はいない。歴史の世界を紐解くならまったく皆無だったとは自信をもって言えないまでも、極めて希な変人であったに違いない。多分、闇に向かって沈む太陽には誰しも希望を抱けなかったのは、心情的にも道理にかなったことであったからだろう。当然であって妥当なことだとも思える。単なる疑問であるならば、それだけの懐疑心で済まされることだ。けれど、沈み行く太陽より昇り来る太陽に未来を託すのはモグラや一部の夜行生物を除いて魚類から動物も植物も、そして人もみな同じであると言えなくはないか。太陽は全ての生きものが喜びを乾杯するだけの意味を持っている。太陽があって全てが始まりの原点を持つことになったからだろう。

ただ一方では、恐れ知らずの冒険者達の中には夕日の先に誰も到達していない未知の領域があると信じた者もいたかもしれない。あるいは未開拓の何かが隠れている可能性があると密かな野望を抱いた荒くれ者がいたとしても全否定には値しないだろう。闇は全てを隠している。だからそこには一攫千金、黄金の金脈が眠っているはずだという野望であってもおかしくはない。今となってみれば、この地上に黄金なる金などは思う程存在していないことが現実となってしまった。金は地球の奥底に眠っているものだ。マグマが噴出した際に僅かに吐き出す程度に過ぎない。それを多くの人が採掘しているのだ。しかし、どこかには運びきれないほど埋蔵されているに違いないと妄想する人がいたとしても不可思議ではなかったはずだ。とは言え、難破の悲劇と挫折が沈黙の墓場となってしまい、誰もが知る歴史の表舞台からは抹消される運命に呑み込まれていった……埋もれた過去の資料を紐解けば、そんな事実も多少ならずとも発掘することも可能かもしれない。けれど、確固たる検証結果を見いだせない結末とともに反省と後悔、そして無念なる失望が体のどこかに残されたままでいる。取り残されているか、残留していると言っても的外れではないだろう。想像と現実の壁と言うものだ。

それ以上に当の私には、過去の真相を裏付ける盤石なる根拠などは微塵も持ち合わせていないのが現状だ。これも事実である。むしろ自己に対して意味不明な失踪届を容易にも出してはみたものの、なおさら消息不明の泥沼にはまったようなものだ。過去と現実、そして未来の予測は何をもってしても困難極まりない。過去の真実はなおさら難しい。

最近の話題で耳にしたことだが、丸々九日間も飲まず食わずの荒修行を経て阿闍梨になる者は、何を求め、何を悟ったのだろうか。それがとても気になる。死の半歩手前まで接近し帰還したというが、いったい何を体験し、何を見てきたのだろうか。そしてそれは現世とどう係わりを持つことになるのか。彼らの志はまったく理解出来ないものだと言わないまでも、あえて死の手前まで直撃取材を試みずとも、それは急がなくともいずれやって来るはずである。それでも先んじて一見してみたいものなのか。

私はそこまでして障子に穴を空けて覗きたいとはとうてい思わない。そして阿闍梨は少しでも掠めたものがあるならば、必ず自らの口で表現しているだろう。しかし、その阿闍梨もあの世を克明に語ることはない。話すこともしていない。おそらくそこには無の極限が際限なくあるだけで何も見えなかったのではないか、と思えてならない。

と、言ってみたとて、現代という社会は、自己都合にて自殺という一足早い旅路を覚悟する人達がちまたには大勢いるのも事実だ。どれほど飛込みにて電車が遅延していることか。全国津々浦々集計してみれば、驚くほどの数にのぼるはずである。年に不足がないのであればいざ知らず、十分過ぎる程不足極まりない人達もその中には含まれている。とっさの衝動によるものか、あるいはそうではないにしても思い導かれてくることがある。生きるという縮図は、死に向かって引かれた行き先不明なる旅行の行程図に過ぎないということだ。そして最後に辿り着く終着駅は何故か到着したか否か不明な死ではないかと。

到着したら死ぬのか、死が到着点なのか堂々巡りになってしまう……ということは、用心のために身の危険が迫り来る洪水に進んで歩み寄る必要はどこにもないということになる。どこかに無事に辿り着くこともなく、不明の延長がこうも永く続く死界と接しても何も得するものはないと判断してしまうのも妥当なものと言えるだろう。無理に死を垣間見る必要はないはずである。そう思うと出来るだけ不可解、且つ危険な領域とは距離を取れるだけ確保した方が、現状では得策であると結論づけざるを得ないことになる。

それにしても、これまたなぜそこまでという疑問がどこかに残ってしまう。一口で圧縮しきれるものではない。自身でも納得出来る判別が出来ていない気がする。むしろ不明に近いだろう。だが、あえて無駄を省き端的に整理整頓を試みてみるならば、彼らは俗人の日常をはるかに超越してしまっているのか、あるいは私が未熟なる船の漕ぎ手にして、それらの境の隔たりの何たるかを把握していないだけのことに過ぎないのかもしれない。

これでは結論に辿り着くまでもなく、その本体そのものに接触することは断念すべきことになるだろう。遠く、不詳な砂漠をさ迷い歩く距離感さえ感じてしまう。道を極端に踏み外してしまっているのか、あるいは脱線事故の後に見当違いの追跡調査をしているとはとうてい思えないのだが、幾度も鉄線の壁に立ち塞がれ諦めに近い溜息が込み上げてくるのは否めない。まだまだ……途方もないほど、この身の回りには分からない謎が多すぎる。

そもそも人間は身の回りの世界をどこまで理解し、生活しているのだろうか。何も分からないことばかりではないか……残念ながらそう思わざるを得ない。

日付不明

夜は永く、何かにうなされていた。午前中は、朝から起きていながら眼を閉じている心持だった。つまり、半分は死んでいた。それ以上かもしれない。

午後にはオルゴールが鳴り響く雑居ビルのオフィスから僅かな晴れ間を見る。帰り道では純白のブラウスを着た少女が自転車のベルを鳴らしながら追い抜いていった。少々の買い物をし、フルーツ・ショップを掠めると、この手で握り締めたくなるほど甘い香りに追いかけられた。

晴れ間の後にやって来たのは、繊細な雨足の行進だった。狭い街路に入り、雨粒を避けるように帰宅すると、降雨の延長を告げる雨音は足並みを揃えて踊り始めた。雨は休憩をはさむことなく降り続き、終点には抵抗をあきらめた街の眠りが待っていた。

昼の一時間は近く、夜の二時間はあまりにも遠い。

日付不明

私は四十四歳。納得のいかない年齢だ。分かりきっていることではあるが、戻ることが出来ないのであれば、一刻も早く過ぎ去って欲しい。出来ることなら三歳半か、九十五歳が望むところだ。けれどあのF・サガンは、十歳に戻りたいと言っていた。私はそれを理解出来ないので希望はしない。一方で「二十歳が人生で一番美しい年齢だとは言わせはしない」と反抗的な一文を書いたP・ニザンに同調するつもりもないが、驚きを忘れ得ないでいる。最初に始まるこの一行はあまりにも強烈であったからだ。驚きの余韻で本までも購入してしまった。ただ、その矛先は社会の矛盾に対して不満やるかたない抗議なのか、共産主義に傾く入り口だったのであろうか。その真意となれば戦争という極限状態に巻き込まれていない私には残念ながら消化不良が長引く論調だった。結局、彼は戦死した。

熱くなることもなく、冷酷に徹することもなく平静になって考えてみれば、毎日決まった時間に散歩を日課としたカントは一見機械の歯車のようであり、単調で質素過ぎるような気もするが、視点を一変させれば変化のない毎日も幸福なことでもあるということも出来る。なぜなら人は何でも完璧に、且つ完全にこなせるほど万能ではないからである。淡々と毎日を送る、これも思考を乱さない一歩でもあるという手もある。喜怒哀楽と千変万化だけが刺激的で、幸福な定義ではないだろうし、物差しでもない。変化と変容のある毎日ほど信じがたく、堪え難い日々に変貌してしまうことも多々あることでもある。変量と単調、これは裏返しであり、太陽の輝きを由とするか、月の反射光を由とするかの差でしかないような気もする。

当の私と言えば、何かが分かりかけ、あるいは相当忘れかけた年齢が希望するところだ。しかし、それは無理だろう。なぜかと言えばそれは無限に等しい迷路であって、一言に簡略出来るものではなさそうであるからだ。あのパスカルでさえ、考え尽くした挙句に呟いている。何度も思索を繰り返し、熟慮に熟慮を重ねたはずである。何年もの間幾度もプラスとマイナスの間を往復し、その結果としてプラスでもマイナスでもない曖昧な地点を終着点としたのではなかろうか。それでいて、食べることと繁殖しか知らない動物よりはどんな愚かな人でさえ、何かを考えることに神との関係を辿ろうとしたと思えてしかたがない。人は一切を知ることも、一切を知らないでいることも出来ないというのは、彼が把握し、捜し求めた人間の根底は、知識と欲望の間でのた打ち回る得体の知れない生命体であったということになる。そう考えるし、そう信じる。同意可能なことが多々あるではないか。一切という事柄に対しては、半端であり、あるいは度を超した人間の逆説と理解するならば、納得のいく遺言の一つであるかもしれない。ただ、もしも彼の列車をいつまでも追随してゆくならば、それ以上の難解な謎に阻まれることになってしまうのも事実かもしれない。

それにしても、一切という事柄に対しては、意味を多重に有した立派な表現であると思うのだが、他方でこれらの到達点は、人間を過剰なまでに高揚させようとした結果の誤算であったようにも思えてならない。無論、最終的にはそれらを思考の果ての遺産と考えるか否かは、各自の判断に委ねられているのだが。

ところで、こんなことも考えさせられた。可能な愛と不可能な愛を語る時、不可能なものを拡大飛躍させて愛と呼んでいる作家がいるが、私は同意するわけにはいかないと。なぜなら、不可と言ってしまった限りそれはとうてい実現しないのだから。そんな文章にはひどく胸騒ぎを感じる。目覚めの非情なる現実を直視し、思い起こしてもらえれば把握するには長い時間は必要がないだろう。そうするならば多少ならずともうなずいてもらえるはずである。人は覚醒した時、現実によって夢の種子は根こそぎ伐採され、理想さえも原型を留めることなく食い荒らされてしまう。現実とは何かがあるようで実は何も無い。一瞬にて全てを滑り落としてしまう滑り台……不可能とはそんな風に成り立っていると思うのだが。真逆なる反対意見があれば聞かせてもらいたいものだ。

加えて追記する。不可なるものを理想の愛と言う人がどうしてもいるのであれば、そうした著者達は二度と同じ夢はやって来ないことを承知の上で籠城を築き、作業を真しやかにしている。あるいは二度あるかもしれない夢の気紛れを望みつつ虚構を巧妙にでっちあげていると言うのも、あながち見当違いではないはずだ。いや、毛穴を伏せ、素肌を露出せぬよう厚化粧で隠しているだけのこと。最近はそんな立派過ぎる大作を読む度に舞台を中世から現代に急遽呼び戻し、いかにも時代が変移している如くに陽動しているとしか思えないのだが。悲しいかな本性だけは隠しだてが出来ないとみれば、主役を替え春から秋へ異色な衣替えを行い、自己陶酔の替え玉を演じさせている。そう結論付けることが度々のことだ。

人は生物であるが動物ではない。では何であるのか。正体不明だ。しかるにそれらを探れば探るほど到達点は混沌とし、辿り着いた果ては収拾のつかないものに集約されているはずである。泥沼で透明な蒸留水をとことん捜すより、結果は明白だ。もっとも、世界中の誰かれが吸い込んだ空気と私が吐き出す息では量と桁が違いすぎ、反論の意志を唱える狼煙にも値しないかもしれないが。世界から見れば、私は一匹の虫だろう。

田舎と都会ではどちらに利があるか？　若者達は刺激が満載の都会に酔い、年配者は色の剥げた過去に戻ろうとする。これは向こう見ずの肉体と限界を知り得た精神の相反する選択に違いない。可能性と限界の際限なき戦いである。どちらにも勝者はいない。ただ、言えることは、時は誰に対しても決して戻ることを許していないということだ。

交差点で皆の視線を浴びていたのは、初心者マークをつけた金色のツェッペリン……世界で百台限りの特別仕様車だ。それを運転していたのは若いお姉ちゃんだった。Tシャツに半ズボン、そして高級車、いったい彼女はどこの誰なのか。このコントラストを巧く紹介するのはかなり難しい。

私が嫌悪感を抱き、最も激怒したくなるのは、電車やバスの中でやかましい奴らと乗り合わせた時だ。それが何であれ……これも詳しく説明が出来ない。

日付不明

「○○ですよね？」と惣菜売場で声を掛けられた。私は、相手が誰なのか一瞬戸惑ったが、

「そうですが……」と答えた。

「やはりね！　○○組にいた旧姓○○です。分かりますか？　何年ぶりかしら！　二十四、五年は経ったかな。全然昔と変わらないね。面影もそっくり。すぐ、分かったわ」

私の記憶は一気に急降下し、三年間席が近かったことを拾い出した。同時に聡明で何かにつけ自分の一歩前を歩んでいたことも。

彼女は級友の近況を話してくれた。「○君は三十五で腸捻転で急死、○さんはリュウマチで病院通い、○君は多額の借金で奥さんと夜逃げ。○○の御曹司は店の倒産で職無し。合わせて子供は難病で大変みたい。みんな様変わりよ。覚えてる？　私が英語の時間に貴方によく言っていたこと」

「英語はスペルを暗記しちゃダメ、音で覚えるのよ。同意語と反意語をペアにすると一石二鳥、そうだったよね」

「そう、そう覚えてる！　今は英語の翻訳アシスタントをしているんだけど」

十分ほどの雑な会話だった。しかし、私は実感した。私は彼女の記憶の中で身動き出来ず、過去という器の中に仕舞われていたことを。時々、現在を嘆きつつ過去を回想するこ

とはあるものの、この歳ともなれば、白髪の一本を捜し出すのは容易なことであり、額の幅も広がってきたことも承知している。爪にも縦皺が寄り添ってきた。私は少なからず歳とともに老化の道を辿っているのだが。けれども、彼女の過去には変化を停止した私がいたことになる。彼女の過去は現在の私を停止させ、私の現在は彼女の過去に身動きせず呑み込まれていた。つまるところ、今の私ではない私が想定外の所に永く潜んでいたことになる。過去の私が事実であり、現在の私は事実ではないということか。現在というこの瞬間は、過去に落ちる前の仮の姿であることになるのだが。これは……事実のようだ。当の私には何の解決策も与えられていないが、今後私の周辺では同じような事象が頻繁に起きることになるかもしれない。このことは脳裏のどこかに仕舞っておかなければならない。

日付不明

意識に少しばかり余裕を持ち、何か冒険をしたいとか、あるいは最も簡素な形で何もなかったとか書き付けたとしても、それがどんな役目を果たすことになるのか。はなはだ疑問である。今日はこうだった。昨日はそうではなかった。そんな一日一日の経緯を日記全集のように記述することが有益になるものか？　それはいつまでも今日や明日と嫌々同居し、ズルズルと腐れ縁を結納させてしまうだけなのではないか。それは……強要されても望まない。

私は、七日、八日、九日、そして十一日までそんな自己葛藤をしていた結果、在ったことも、在って欲しいことも書くことをしなかった。事実、それはまったく皆無といってもいい。けれども、またここでその訳を書き出してしまうのはなんとも皮肉なことだ。書かぬと思った理由をくしくも冒頭に記してしまったことになる。勇敢にも指先が冒険した訳でなく、ひたすら努力の果てに整理された結論まで導こうとしたのでもない。それ以上の説明は無理だ。だが、私についてのことである以上少なからず過失なりしことを認め、そして多からず擁護するのであれば、これは並々ならぬ自身の変化と言うべきことになる。

いつもの通りだったら……十二日、いくつか思うことがあった。主人公の使い方には『ぼく』と『私』があるが、この差は何だろう。『ぼく』は男の名称であり、『私』は男にも女にも使える。どちらも一人称だ。身軽なイメージにするなら『ぼく』がいいだろうし、三十五を過ぎていれば『私』の方がしっくりする。それとも、そんな代名詞など削除し、こう記述すべきかもしれない。ある美術館は来場者で溢れていた。それは展示最終日であったが為か、それとも著名な美術展であったが故かは区別がつかなかった……という類いに。

実のところ、八日の美術館巡りの件については、私も見学者の一人であったのだ。そこはどこから来たのか、多数の来場者で溢れていた。溢れていたのは人の数ばかりではない。天下を目論む美の独奏が競演し、戦果を窺う物見客の評論も狼の牙だった。

けれど、相違ない事実は、私もそこに同席していたこと。と、すれば開催側の意にそぐわぬ通行人の単なる独善に過ぎないとしても……そこで噴火した鑑賞に係わる身勝手な私の疑念について、冒頭に書き出したとしても何ら不自然なことではなかったはずである。なぜならば私は疑心の一矢を向かい合う作品に直接浴びせたのだから。

だが、私は一矢の詳細についてあえて書くことをしなかった。それはいかなることか？震源はどこだったのか。処方箋は何もない。それはまさに雲を網ですくい、煙幕の中の花見会を見事に論ぜよという無理難題を我が身に突き付けたようなものだ。何度一人独演を試みても舌足らずの目録だけが思考の枠を突き抜けては舞い踊ってしまう。直感を直ちに叩き壊し、また元の意識そのままに復刻させるのは、はなはだ己の限界を超えた絵空事に等しい。ただ、意識のどこかで禁断なる踏絵を強制することは回避したのであり、またそうはたやすく同調しなかったのだと思う。その根拠となるものと判断は何故に、そしてどこから押し寄せて来たのかは分からないが。

とは言え、こうなってしまえば何か一言ぐらいは自己主張せねばなるまい。私の独断と注文、あるいは巨匠と称する先生方の評論に換言出来ない異議申し立てとして。知らないでいたことを気付かせてくれたからだ。それはこうだ。どれこれの描写の果てに隠された黙示録を感じるとか、あれやこれやの作品に写実の芸術性や抽象的描写の到達点があったという訳ではない。私はどこにでもいるずぶの素人であり審査員ではない。専門家でもない。芸術とは程遠い一人に過ぎない。

ただ私にあるのは一つ。それは懐疑だ。美を求めれば求めるほど美は遠くなる。絶望の底にあって希望が見えるのとは違う。私は、ここで多くの審査員に問いただそう。作者ではない。評論を述べる前に審査員の眼球はまともに、素直な気持ちで写真ではない絵画の裏に秘められた魂を正面から見ていたのか。賞の為のこじつけがましい評価、そこに四捨五入と有りもしない空論が存在していなかったのか。私は美術館で感じた。そして今でもそう反感の背後で残念に思っている。人が絵画を何かしらの視点で評価するのは止むを得ないとしても、絵画の表現の根底にさかのぼればこんな根拠のない賞は無意味だろう。何が特選・佳作・入選なのか。私は同意出来ない。私の評価は反対に近い。絵画に対しては作者が描きたいものを表現した限り、序列を付けるのは納得のいくものではない。賛辞と称賛があれば十分なのではないか。感動と絶賛が加わればなおさら言うことはない、と。

日付不明

《上昇気流にのって！》

ポップ・ライターが書いたのか？　その気にさせるような殺し文句と見事な配列だ。無論私もその気になった。小粋な店でトロピカル・ソーダを二杯飲んでしまった。最初は黄で装飾したレモン風味、次が青と白が混じった果実入りだった。はたして上昇気流に乗れたのか、それは分からない……多分。

あれは、一時の錯乱に違いない。私は何かを踏み違えていたのだ。思い出せないだけだと思う。何もしないということは、何も考えていないことに等しいが、何も感じていないということではない。六時をとっくに過ぎているのに外は昼の延長戦だった。残念だがリリーはもう蕾を付けないような気がする。何か手立てはないものか。

日付不明

別れの朝になってしまうのか、リリーは蕾を垂らしたまま窓ガラスに寄り添い、赤いジュータンを刻んで花びらを落としていた。沈黙が続き、何もしたくない気分だった。頭痛が去った後で、不透明なめまいがした。夕食はレモン・ティーと一枚のクッキーを除き、体が欲しなかった。一足早い祭りの夜はかなり肌寒い。来週に持ち越したらどうか

六月三十日

白髪と皺にウエーブがかかり、曲がった腰と蛇行する歩行、誰しもそんな晩年がいつかはやってくるようだ。というのも、久しぶりに映ったあのヒロインは年老いて随所に言葉がもつれていた。あの声量は過ぎ去った日々の余韻のようだ。私の中に刻印されていたあの面影は何年前のものだろうか。二十数年、あるいはもう少し経ったかもしれない。時は容赦ない。何かの創造にも手を貸すが、それを壊すこともいとわない。それを今痛感する。番組終了時……絶世の美人ほど老後はテレビに出るべきではないと思った。人は変身する。変貌する。老化もする。良くも悪くも、遅くも早くも、そして想像以上に。ただ、若くな

ることだけは許されない。
橙色の夕日が山に落ちていく様は、秋空のようだ。ユリの莟が大きくなる頃には曇り空が当たり前だが、こんな季節でも美しい垂れ幕がある。明日のそれが赤色になれば、梅雨が明けるかもしれない。夏が来たらすべきことがある。時は迫りつつある。もうすぐだ。

日付不明

そう思わないことに同意し、好みではない料理をうまいと言い、やりたくないことを素直に受け、行きたくない所に出向き、誘われたら付いて行き、面白くないものを最高と言う……これを真正直に言ってしまったならばはたしてどうなるのか。おそらく生きてはいけないし、孤独死に近くなるだろう。であるならば、長生きした者はかなりの自己偽りをしてきたことになる。同時に思うことに対して反対事を継続していくことは、長生きの秘訣ということにもなってくる。嘘つきは長寿への近道なのか。愚かな疑問がまた湧いてしまった。

日付不明

季節を間違えたのか、風鈴の音が街路に響いていた。それも洋風の家……きっと何か意図することがあるのだろう。

誰しも時間との戦いを回避することは出来ない。時間は行ってしまうだけの直線だ。何度も回るのは時計だけ。

日付不明

ある戒めが地割れした谷底から噴き上り、私の脳裏に吸い込まれた。「生あるもの永遠ならず。だが、それさえ平等ではない。平等たるものは、全ては空気の元にある」と。単純極まりない結論だ。一切の不公平と空気だけの平等、これが究極の××になりうるか？納得しがたいが、確かに私の地平線には他に定尺となりうるものはない。見えるものは分かりえぬ限界のみだ。しかし、いつしかそれさえも平均率では……そんな気がする。おそらくと言う他はないが、今の今はそうかもしれない。また、そうと答える術しか見当たらない。

夜が拡張され闇も佳境に入った頃、うら若い黄色い声の背後でどす黒い罵声が追い打ちをかけた。路地裏で三匹の猫が向かい合い、暫く威嚇と沈黙を続けていた。はったりでけりをつけようとしているのか、それとも暗黙の合意を模索しているのか、はたまた力の差なのか近くて遠い猫の掟は分からない。多分に彼らの実社会は《闇》に隠された裏に寄生しているような気がする。

もしかして？　自然の法則を冒涜する三角関係を巡らしてしまった。種の起源に従えば登場するのは二匹の雄に一匹の雌でしかない。人が介入しない野性はそんなからくりだ。だが、人の元で飼われ、そして今時の時世からすると二匹の雌の争いであってもあながち不思議なことではない。威嚇の声が壁を突き抜ける。また始まった。先制か反撃か。それとも相談か。この先、はたしていかなる決着が待ち受けているのか。今夜に苦肉の妥協、とうていそうなるとは思えないが、彼らの夜はつかの間だ。

私の夜は続く。眠りに入った夜の砂漠は益々音を消していった。あの……結論はまだ遠い。

夜に生きるとは、七月五日

洋風の家、今日は風鈴の音色ではなくモーツァルトのソナチネを響かせている。子供のレッスンではなさそうだ。誰かが弾いているようだが、とても巧い。一階にいたシューベルトが二階で鳴り響くこの曲を天使の声と称したが、納得のいく話だ。本人自身の演奏ともなれば、どれほどの出来栄えであったのか。僅かに開いた窓から零れるメロディの余韻は、にわかに想像力を掻き立てた。

日付不明

行き先が曖昧だったせいか、バスの中で単純な催眠術に酔ってしまった。乗り合わせた客の迷惑を顧みず、眠りの誘惑にかどわかされた僅かな時間に過ぎなかったが、全身が溶け落ちてゆく滑走は快感だった。

しかし、時を得ず私の中の私からこんなメッセージが届けられた。

「けれど、それには十分気をつけなければいけない。その後には悪魔の夢が待っているからだ。浅い眠りの部屋の隣には巨大な魔窟の城がある。一度ドアを開けようものなら、強烈な吸引力を持つノズルに引き寄せられ、あげくは本体の編集機で理解不能なとてつもない物語に祭り上げられてしまう。住人はいるのか、それは分からない。今でも謎に満ちている。おそらく悪魔達の住まいが背後のどこかにあるのだろう。彼らは永い間この部屋を既得権益法人として眠りの中に置いてきたのだ。意外な場所が意外な所に存在していることを誰も気付いてはいないだろう。幸いにも、あなたはこのアジトに引き込まれる寸前に、アクセルの衝撃で危うく難を逃れたのだ。

それではどうすれば……気をつけなければ、それが最も重要だ。バイパスということになるのだが、回り道があるのだ。余り舗装もされていない為、不便なきらいは否めないが、熟睡の部屋に繋がる小道がある。熟睡は無だ。何もない。可も不可もない。何もないから熟睡なのだ。管理人もいない。本当に何もない。自由にすればよい。もちろんプライバシーも保護される。要は凝った外装に騙されないということだ。

更にもう一つ進言しておこう。熟睡で楽になり、余裕が出来たからといって途中で浮気心を起こさないこと。朝になる前の道中にも悪魔の部屋は興味津々の看板をちらつかせて待ち構えているからだ。過去の成功や気になる話題が盛りだくさん展示されている。用心に越したことはないが、流され易い人は慎重に。食通や興味本位の方は特に要注意だ。どこかに心当たりはないか？

もし助言が欲しいのであれば、悪魔は表と裏の手を行きと帰りに使い分けしているから面白いものにはうっかり食い付くなということだ。綺麗な薔薇にはトゲがあるのは容易に理解出来るはず。偶然にも顔見知りの誰かや見覚えのある過去の経緯が出て来たのであれば、まさしくそれは詐欺の詐欺だと思ってさしつかえない。思い出してくれ！　目覚めの恐怖はあのおびき罠にまんまとはまっているが故のことなのだ」と。

・・・・・・・・・・・・・・・

捜していたベンチが見つかった。このベンチだ。一月の寒さの中で、あの膨れたスポーツ新聞が置かれていた場所だ。いや、置かれていたというよりは在った。黙ってそこに在ったというべきだろう。しかし、今はそれは無い。半年の歳月は短くも長く、周りを容赦なく変えてしまった。冬を放棄していた木々は、装いを新たに夏行きの乗車券を手にしている。で、あるなら気付かぬだけで、この私も木々のように冬から夏へ老化した垢を削り落とそうとしているのかもしれない。

今、封を切ろう。遠い思い出がここにやって来たからだ。この体を覆う熱気はかつて旅したマラッカ海峡の熱風に近い。アラブと西欧、そして南チャイナの文化が歴史の渦の中で融合したゲリラ地帯だが……侵略と宗教の狭間で濃縮されたトルコの文化とは似ても似つかない混合体だ。食物も言語もさることながら、ちりばめられた赤や黄、そして青の住居が空に突き上がる。朝夕にカフェに立ち寄り、到達には程遠い思慮を巡らす旅を欲するならば、フランスの陰と陽を投影したサンジェルマン・デ・プレも事欠かないが、かつて二十五歳の思い出に旅したマラッカが懐かしい。道を尋ね、買い物をし、自身でも不可解と思える英語を話しても驚く様を見せる人はいなかった。商売になりさえすれば何でも有りだ。そう甘くないにしても、これならば半年もいれば現地人になりすまして生きていけるような気にさせてくれた所でもある。

あのレストランを思い出す。海賊風習にアラブの香を盛り付けした料理は異国情緒そのものだった。賊にとって乗っ取りは生活の糧そのものであり、成功の証でもあった。しかし、悲しいかな追っ手が来る前に、食はもちろん歓喜の雄叫びを即座に終わらせねばならなかった。そこで必要とされたものが高揚を祝す秘香だったに違いない。もし、可能であるなら地中海の味付けがざわめきたつあの焼き菓子をもう一度食べてみたい。何かが隠し味になっているシルクロード風フレッシュ・ジュースとともに。

帰り際、どこからやって来たのか一羽の鳩が突然舞い降りた。鳩は頭を前後に振りながら不自然な餌探しをしていたが、私の前で静止するや首を差し出しては覗き込んできた。眼が合った。見つめ合った。息が止まった。鳩に映った私は一瞬の実像に過ぎなかったかもしれない。とは言え確かに瞳の四隅に私が宿ったような気がする。しかし、それもつかの間のことだった。鳩はさよならを何ら告げることなく舞い上がり、羽ばたきの余韻を残してビルの背後に消えていった。

思うに思うところがある。あの一瞬は時が間違えた偶然か、それとも鳩に人知れず秘めたる何かを伝えたかったのか。あるいは鳩が私に言葉にはない極秘の伝言を託そうとしたのか。もしそうであるならば、いやもしそうであったとすれば、鳩と私はおそらく何かの因果で視線を交えたことになる。

今、胸の内で湧き上がる転結に乗じて言い切りたい。一月に感じた動かしがたい何かは間違いなく過去のものだったと。一月は何もかも沈んでいたのだ。過去は口実を巧妙に並べ立て、否定された結果まで肯定に変換させることが可能であるが、事実とは結局のところ転居できない時間の城壁である。時間は嘘をつけない。そこを慎重に探る必要がある。とは言ってもこの私は試行錯誤の果てに原型を無くすほど変貌してしまったのか、それとも全ては時の同化に呑み込まれ、二度と復元しない廃墟となりどこそこの彼方に封印されてしまったのかは分からないのだが。

私はここで……過去という時間の全てを味見したとは、強気を通り越し、傲慢そのものになってしまうのでそうは言いたくない。しかし、途中にあるとは言え、何十年も生きてきた果てがこの混乱になってしまうとは、我ながら情けないことだ。何をやっていたのか。自他を問わず昼夜数えられぬほど圧迫され、膺に突き刺さった脅迫の矢は何の印であったのであろうか。あれほど会得しなければならず、無理矢理詰め込んだ知識とやらはどこでどうなっているのか。そう何度も問い糾したくなってしまう。とは言え、確認と言うべきものは全て行った。終了した。完了。マラッカ海峡を鮮やかに想い出させてくれたことに心から感謝する。だが、もうここに来ることはないだろう。

日付不明

《エピローグの前後》

最近聞いた話だが、クレオパトラは釣りが好きだったようである。何を想い、何匹釣り上げたのか。食用にはしたのか。詳細は分からないが、今まで知らなかっただけに驚くような発見だ。

日付不明

今日は親父の命日だ。それをうかつにも忘れていた。そこで親父の言葉が脳裏をよぎった。経験上のものか、自信あってのことかそれは定かではないが、常々よく言っていたものだ。人を見かけで判断するな。美男子はえてして怠け者が多い。結局、二枚目の男に惚れた女ほど苦労をする羽目になる。そうでもない男は大概勤労家である。よく働く。浪費癖も少ない。一方でどんな人でも二重、三重の人格は当たり前であり、無くても七癖以上はある。世の中の疑問で難解なのはコンニャクと人の裏表。他人が自分を理解出来ないのは当たり前と思え。なぜなら自身でも自分のことでさえもよく分からないで生活しているではないか、分かる人など誰もいない、と。

昼間、公園にはゴム草履とよれよれの服を着た老婆がいた。彼女はベンチで丸くなり、小さなパンを食べていた。汚れた巾着と乱れた髪の毛、そして皮一枚になった草履を履いていた。生活保護をうけているのかまでは定かでないが、それはどう観てもみすぼらしい格好ではあった。それは親父の言葉を借りるならば単純な一辺倒な結論に結びつけては判断の過ちになるということになる。今の現状事情を判断出来ないまでも、かつては人も羨む青春を謳歌した時もあったかもしれない。そうつくづく考えさせられてしまった。そもそも青春とは何であろう。

日付不明

リリーをあの花屋で、あの時購入することがなかったなら、私は今ここで真摯に見つめ合うことなど出来なかったであろう。大金持ちの広いテラスでさんさんと太陽を浴びているか、それともあの店に残って一人お留守番でもしているかもしれない。私との出会いは必然であったのか、それとも偶然に過ぎなかったのか？　そんな思いにもさせられる。いずれにしても私の元での居心地は、花の気持ちになってみれば決して良いものではなかったはずだ。咲いてみたいベランダも、覗いてみたい庭園もあったに違いない。満開に咲いた自分を誇示したい晴舞台も切に欲しかったであろう。けれど、リリーはそんな境遇の中にあっても失望を抱いて消息を絶ってしまうこともなく、私が指定した軒下にいつも居てくれた。期待を損なうことなく、ただただ静かに私を待っていてくれた。

リリーに話しかけようと思っていたが、止めることにする。なぜなら、リリーは常に答えることはないからだ。無口なリリーにぶしつけな質問は失礼だろう。半年の間、黙々と莟を貯えては花を咲かせてくれたことで十分だ。雨が続いた翌朝は嬉しそうなそぶりを見せ、水の途絶えた日には元気無くうな垂れていた。きっとうっとうしい日も、喉の渇いた日もあったことだろう。けれど、運命というものがあったのならば、リリーはそれを私に託したのだ。そう信じているし、そう思っている。有り難う、リリー。またの季節に再会しよう。その日を楽しみにしている。

日付不明

二千八百九十円、ボルドー産のピノ・ノワールを三日目で空にした。値段の割りには充実感があった。しかし、同種でありながら赤ワインの最高峰、ロマネ・コンティとは値段の桁があまりにも違う。いったい何が違うのか、飲んだ経験のない者にはまったく見当がつかない。今後も不可能。だから数百万円の甘・渋・苦にまつわる味のトライアングルは、今日からの延長になるであろう想像の域に留めよう。

と言えどもいつの日かその瞬間が飛来した時、一瞬にして消滅するかもしれない味のキャラバン隊を実味として確保出来るだろうか。自信はない。言葉による説明と映像化は無理な気がする。なにせ感覚だけの表現では全てにおいて説得力に欠ける。思いつきで奔放に描き切るデッサン程度の舌振るまいでは、とうてい本丸には届くはずもない。下準備は勿論のこと、一つ一つの裏付けが必要だ。はたして辿り着けるものか、曖昧になる前に不明に終わるのではないかとの念も募る。多分に無知な愛好家が山頂に挑戦する試みか、あるいはそれ以上の苦闘となってしまうはずである。所詮、何を飲んだとしても口の中でもつれ合う些細なお遊戯に過ぎないと言ってしまえばそれまでのことだが……ことは単純なものであるが、しかし、それを分別するとは、今ここで考える以上に味という未知なる世界に舌を漂流させることになるだろう。

日付不明

金魚すくいはいったい誰が始めた遊びなのかと考えてみたが……同時に週刊誌に掲載される十コマ漫画の解釈も難しかった。水槽にオスとメスの金魚を飼った老人がいた。一年後、オスが死んだ。優しい飼い主は、「淋しかろう、メスは」と別のオスを買って来ては水槽に放した。これは正解であるか、どうか？

　正解であれば、メスは同居者を欲したことになり、不正解とすれば、メスはそのまま一匹で過ごしたかったことになる。金魚の幸福を考えたこの問いに対し、はたして誰が、どのようにして納得のいく解答を導きだせるものか？　私にはとうてい出来そうもない。著者に尋ねるしか手はなさそうだ。

　しかし、たぶん、いやきっとその本人でさえも……。

日付不明

ポスターを眺めた後で、四隅に広がる白は一つの色であると確信した。白は覗き込むほど遠ざかり、黒は迫り来るほど原色を失っていった。反して赤や黄は何度睨み合っても一歩退いた引き立て役でしかない。これら全てを混ぜたならどんな色になるのか？　きっと何かを暗示する色であるに違いない。

公園に野性のリスがいると聞いたが、人が餌を与えているという。それは既にペットではないか。

夏のせいだ。ホットな缶が自販機からなくなった。あるのは全て……。

誰のせいでもない。細い線が雨となり、丸い雫が落ちる様を四十四まで数えたが、その先は諦めてしまった。私の年齢と同じ数だ。

何かのせいだ。夜中に前触れもなく蛍光灯は点滅を始め、準備する間もなく明かりは去って行った。夜の闇に新たな闇が重なり、重なり合った闇は想定したよりも暗かった。

誰のせいにも出来ない。時は止まらない。

日付不明

何年かぶりに古い映画《青春の輝き》を見た。思うこと、感じたこと、考えさせられたこと、疑問となったことが盛だくさんだ。そして眼の前で私を引きずり込むのは女性誌の『恋愛運』コラム。何の根拠もなく当たり障りのないことをちりばめたものとしか思えないが、そうだとしても多くの読者が期待を膨らませ目を留めているものだろう。だからこそ占いという代名詞が今まで生き延びてきたはずだ。この「恋愛運」という三文字だけはあらゆる場所で言葉の嘘が空気と融合してしまうほど聞かされたことか。文言のくだりは突拍子もない巡り合わせが周遊するものに等しいが、それでも我が身に上乗せするならこの上なく信じたくなってしまうこともある。自身にあって欲しい夢の断片が、多方に漂っているからだ。有り得ないものを有り得るように描いたとなれば、興味本位であっても目を留めることになる。どこの誰であれ誉められて悪い気はしないものだ。

けれども、具体的且つ詳細な識別となれば、それは恋することなのか、愛することか、運はあるのか無いのか、私には未だに釈然としない。運命、縁、チャンス、出会い、宿命、必然、不運、これほど意味を理解しにくい言葉はない。それ以上に男と女については……納得を得られていないばかりか、永遠でも足りない疑問符の連鎖になったままだ。

だが、一方でどこかの原人が人となりし以来延々と引継がれ、かくも気が遠のくほど語られてきたことも知っている。終着駅のない列車に何世代も永遠と乗車してきたことか。今後も乗車することになるはずである。そしてそれはやがて途方もない話にもなってゆくだろう。だからこそ私も諦めの心境にあり、今までそれを極端な否定をもって反論することなく概ね了承してきたのだ。

古くは古代ギリシャの落書から「君の瞳に乾杯」と訳された映画の一齣、小説のあの一節、伝説となったあの追伸、日常は封印されてしまうあの一言、会話の途中で漏れたあの真意、そして視線が交わったあの瞳には、不安、喜び、拒絶、受諾、保留、後退か退却、そして後悔、判断不可、失敗、成功、期待、失望、前進と全会一致があったはずである。さらには偶然と必然、時と場所、金と肉体、好みと妥協、直感と同意、過失と是正、鳴り止まぬ欲望と権威、現実と理想、そして夢と錯覚も数限りなくひしめきあっていたはずである。それも限りのないこと。

今、一昔前に音楽シーンを独占したフレーズが脳裏に戻る。「その指輪、俺に返す気なら、捨ててくれ」と人気シンガーが歌い上げたものだ。

それに少しばかり類似したドキュメントがここにある。そうは言うものの、ここにあるとは少々ただごとではない。しかし、そんな歌詞に似た再現のような気がする。ともあれ覗く以上、この結末には傍観者の責任として何らかの所見を要求されることになるはずである。

しかし、私の物置には残念ながらどこかで語り尽くされた愛の表裏しか在庫されていない。むろんそれらも全て読み終えた訳でもなく、理解したとも言い難い。半端なのだ。と言えども両人にしても世界の恋人候補と出会った挙句の結末でもないはずである。所詮、出合頭が縁となっただけの過ぎ行く日々の物語だったはず。従って、おそらく見当違いな過失は犯さないだろうし、違ったとしても桁違いな誤差とはならないはずである。もし、私自身大発見となるような真実に直面することになるのであれば、驚きと同時に今を見失う不安に陥ってしまうことになるだろう。その時には私の言葉でどんな説得をしようか。舌足らずの弁明で理解不能にさせてしまうことになるかもしれない。さて、一切は成行き次第だが、どうなることやら。

ところで、イブはアダムより野心の才があったと多くの機会で語られている。けれど、それは長い間真しやかな嘘のように思っていた。果敢にも禁断の実を食べる勇気があった分、真実に近い虚言ではなかろうか、と。そして今　私の始発点とは言えないまでもそれらを思い出し、そこから出発しようとするならば、彼らの創り出したものを愛の何々と呼ぶことはとうてい出来ない気がする。そうではないか。私は、未だに愛と言う名の絶対値に到達したことはない。もし、反論なるものがあるのであれば誰か説明して欲しい。それ故に前もって傍観者としての前置きを確実にしておく必要がある……ここにいる私は、多分にそうだろうと思う。そうに違いない。

カフェの喫煙室でのこと。見知らぬ二人は愛と言う名の秘事がもたらした現実から脱け出そうとしている。過去に置き去りにしたことが整理され、二人の思い出が出揃った時、追い求めた現実が愚かな錯覚であったと肯定することになるはずである。そもそも互いに肉体を欲した熔融時には言葉さえ無用な宇宙人であったが、それらが一部始終無用な廃墟になってしまった今、吹き出すものは現実となり冷めきった硬い岩石ばかり……今では再利用出来るものは何もなし。そんな局面のような気がする。

だとしても　どんな別れにも何かしら儀式がなくてはならない。それが進行している。偶然に再会が演じられる戯曲のようなにわか芝居では幕は閉じられそうもない。互いの年齢からすれば、かつては二人だけの暗黙の共謀をもって友人以上の信条を語り、現実から掛け離れたメルヘン風の狼煙も上げたに違いない。しかし、今は憐れにも幻の薔薇園から強制送還させられた男と女の素性を顕にしている。現実の器の中で仏壇に舞い上がる線香のような煙、そしてフィルターをつまんだ指を見るだけで、肉を剥ぎ取られ幻想から生の空気になってしまう劇の結末が見えてくる。男は時々、「それじゃ……」と重い口を開く。だが、自らの意志で時間を停止させた女にその返答を受け入れる意思はない。男は今からでもことを始めようとしているが、女にとって過去は投げ捨ててしまった指輪のようだ。再考を提示する者と処分した者の視線が合う。息が止まる。空気がにわかに静止する。全て完了。別れの準備は整った。

時が脈を打つ。そして微かに揺れた。

「出よう！」

男はそう放って立ち上がった。千秋楽まで何年か、それとも数ヶ月費やしたのかはまったく想像の余地がない。他方、演じきった女は黙って聞き流した。けれど、一呼吸おいて「もう言わないで！」と一喝する。男は振り向くことなく足早に去っていった。灰皿の脇には吸わずに燃え尽きたタバコが滑り落ちている。残り火はない。

私は思った。それは愛だったのかと。そして彼らの行く末は……それも誰も知るところではないことも。予見するのは無謀極まる挑戦だ。誰も分からないものがそこのそこにあった。私のすぐそばにあった。けれども、中を覗き回り、こさがしすることなど出来はしないと。

私はこうも思った。彼らの中枢を窺い知ることは出来ないが、よしんば仮に二人が極秘に誓った言葉が愛であったとするなら、全てを清算した後にも少なからず処理仕切れない残骸を負の遺産として共有することになるはずであると。懐かしむ思い出にはなり得ないだろう。また二人にはこうなぞらえることも出来そうだ。目蓋を閉じて唇を重ねたことが二人の契約書であったとすれば、それは枯れ落ちた落葉が雨で流される如くいつしか輪郭が無くなっていくことに等しいと。分かる人にはこの例えが何を示唆したいのか分かるだろう。納得もしてもらえるだろう。皮肉にも契約と約束は破る為にもある場合もある。無数にある。

時の無慈悲で膨らんだ蜜飴は、二人によって既に舐め尽くされたようだ。勝手に描いた幻想と甘い味覚のなれの果て……それは捨てる羽目になった割り箸だけになっている。離れていても分かる魅惑に満ちた甘美な味はもう過去の思い出だけとなり、断ち切ることの出来ない傷痕と足枷になっている。

この程度としよう。あまりにも一辺倒な偏見じみた節介は。愛、その詮索を第三者が始めた途端、いつしか分別のつかない七色迷路に誘い込まれ、この私まで宙に舞う虹の架け橋の一員になってしまう。けれど、見る限り十中八九、いや九分九厘女に分があったと思う。女は男の永遠なる遺伝子に組み込まれることがなかった二律背反なイエスとノーを肉体に染み込ませ、且つ同居させながら進化の道を歩んできたのに違いないのだから。

ここで愛の謝肉祭は平穏無事に閉じて終わりたいが……また一つ私見もどきが湧いてきた。女が男という反同性を完璧に理解する瞬間は、疑いなく同じ生きものではないと感じた時からではないかということだ。これは男も然り。けれども女は本音が反対になった瞬間、表裏一体の殻を自ら壊すことになる。女は快楽の船に乗船した時から惑星の旅が始まり、男のそれは女が女となる羅針盤を知り得てしまった時からだ。女はそれを糧にしてまで飛び交う星雲に向かう乗船を待ち望み、男はその果てしない無限の距離に到達出来ぬ非力な自分を見つめることになってきた。それは時に長くて短い語り合う肉体の中で少しずつ感じるものだが、二人の距離の隔たりは繰り返されてはやがて実態を失ってゆく。女は一部の接触神経だけが突出したことを知ることもなく、男は肉体に自己の限界を通達されていることとさえ忘れてしまうからだ。

あぁ、どうもおかしい。さしたる能力もない者が懐を開け過ぎてしまったようだ。熱くなってしまったようだ。熱くなった結果、思考回路を集約するどころかあちこちをさ迷いつつ収拾のつかない寄り道をしているようだ。自身でもどこに居るのか、あるいはどこに辿りついたのか判別さえつかない。後悔は全て後からやって来るとはこういうことだ。それが襲来した時には既に手遅れというそれも、その筋書き通りになってしまった。

方向が分からなくなってきた。冷静になりつつ軌道修正が必要だ。少しばかり自身の緯度と経度を羅針盤をもって再測量しなければならない。それは正論であるし、極々まっとうなことだ。直ちに反省をし、そうすべきだろう。現実の今に実績もない評論家を登場させてしまったこと……台本と役者を演出にて台無しにしてしまったことを。もう一度羅針盤を手元に置き、熟慮を伴う再測定と再考をしてみよう。

再考、再考。再考をした上で再言するならば、私は愛を検証した歴史学者ではないことを白状しなければならない。勿論誰も完結させた人はいないと思うのだが。故に私は個人としての追跡者にもう一度戻ることにする。なぜかと言えば、歴史上の汚点から愛を覗くのではなく、愛と言う名の野望がもたらした失敗と成功に、何かしらの原点をみてとることが出来るとも思うからだ。通常、誰もが行う手法のようではあるが、このような到達点のない謎の扉にはまった際には、男と女を過去から生きた剥製として現在に生還させることても興味深いことではないかと。だが、何故か過去の時は重力以上に重い。数千年の壁はとてつもなく厚く、時間の距離は計り知れないほどだ。あらゆる装備を完備した重戦車をもってしても歯がたつものではない。

しかし、だからと言ってその重みと厚みは歴史を完全なまでに押し潰し、消してしまった訳ではない。何か鍵穴を覗き、こじ開ける手はあるだろう。例えば一枚一枚を剥がし、一つ一つを組み立てながら欠けた断片を継ぎ足しつつ構築することが出来るなら、何かしらの地点に辿り着くこともあり得るだろう。かと言って無残にもギロチンにかかったマリー・アントワネットの素性、皇帝に真に愛されたのか不明な楊貴妃の陰謀、そして男顔負けの『君主論』の処世術をめぐらしたクレオパトラの表裏一体を真しやかに復元する勇気などあるはずもない。あらん限りの謀略をめぐらした歴史上の主役たちが演じた愛などは、あまりにも多くの人々に都合良く利用されてしまっているからだ。何が真実であり、どこまでが嘘であるのか。時には史実に見える資料も存在するとはいえ、それさえも思い付きに近い自己想像と、仮定混じりの想定が介入したものであり、書き手の結論ありきに集約された装飾物ばかりである。

後世の人々は時には悲劇的に、時には一途に狂おしく、ある時は嫉妬に狂い、はたまた愛にまたがる戦略を行使している彼女達を描いている。そう、精緻に練られた極秘の暗殺まで記述している。しかし、もしそれが真実だとしても、そこから感銘の扉が開くものではない。そこにあるものは上流階級の面々が凋落を防ぐ為の生きざまの結末であり、一族同盟や国家の存亡を賭けたなれの果てでしかない。百獣の王であったライオンが落ちぶれた際に身を守る為の妥協策である。

一方で、庶民が貧しい生活の中で求めた質素な愛の手掛かりなどは、どこにも見当らない。庶民は、歴史の中では一部を除いて何も語られないできた。必要がなかったからだろう。埋没してしまったのだろう。となれば仮に貧困に蠢く大衆の事実に迫り、その姿を再現したとしても上流階級のそれと同様に実像は創作の創作という物語になってしまう。残念ながら時を共にした事実の瞬間にはとうてい到達することは出来ないだろう。何億にも達する愛が語られ、何億にも近い愛が消えていった。その中にいくつ残り得たものがあるだろうか。湖に消えたのか、山に埋もれたか、路上に散乱したのか、美しくあったのか、醜くあったのか、それとも単に庶民の戯言の羅列だったのか、それは誰も知るよしもない。歴史は庶民を脇役か前座にして主役のみを伝えてきたのだ。と、同時に過去に堆積した山々の峰を何度掘り返してみてもこれほどまでに消滅してしまった愛というものは真に存在していたと言えるのだろうか。何も復刻されるものはない。誰かが吸ったであろう数千年前の空気がどこにも残されていないように、愛も同じような気がする。誰かに吸われて吐き出されてしまったのだ。吐き出された愛は空気の分子に消えていってしまった。

ところで、辿り着けないとしたら、元々愛は大気のような可視化出来ないものだったのだろうか。考える方法は葬り去られてしまったのか。そして滅亡してしまったのか。そう何度も問いただしたい。なぜ、消滅してしまったのか。

焦るな！　慌てるな。少し余裕を持て。背伸びした後に手足も伸ばせ。どこかに奇跡的に跡に埋もれている金塊の一つ二つはあるはずである。特等の化石が見ず知らずの山に埋もれていることがあるではないか。諦めるな。自己流であっても思慮の果てに歴史を一望することもまったく不可能なことではない。

可能なはずだ。嘘と虚言は記憶に留められないほどある、と思えば恐れることはない。たとえその事例がベールに包まれ、そしてそれが些細なものであってしても、覗ける限り何かしらの判別をし、道理と根拠の一つぐらいは導き出せるはずである。最悪、推測ぐらいの冒険は出来るに違いない。推測ができないのであれば、僅かでも想像してみよう。自身の手で。そんな手もある。それでも良いではないか。今、私はそう判断する。過去は自らをもってしては何も語らないし、流暢に案内するのはいつも上級ペテン師による興味をそそらせる案内ばかりなのだから。

幾つかは整理されたので、次に可能な限り捜索範囲を膨らませよう……やはり、正解だ。先が見える。そしてほんの少しばかり気が楽になった。歴史の接点のどこかに辿り着いたのかもしれない。一部の消化酵素が機能し始めた。それはごくごく本質的なものかもしれない。女は常に進化を続ける文明の先人になろうとして永い間羽ばたきを繰り返してきたこと。逆に男は疑念が生じる度に警戒し続けた原始時代の雄猿に立ち返ることを常に待ち望んでいたということだ。男は完全なまでに漕ぎ手であり、女はまったくの乗り手だった。漕ぎ手ゆえに体全体に刻まれた届かぬ距離感、乗り手のみが感じる日々膨張を続ける小宇宙……しかしながら、この配役に一部の代役を除いて歴史は降板は厳しく許さなかった。だからこそ今まで後出しのイブは何度か望んだことはあるもののアダムを抱きしめることは禁じ手だったのだ。

男が不幸か、それとも女が不幸か……全てのアダムとイブに聞き取り調査をしてこなかった今では両方が不幸であり、両者が幸福であったと判断するしかない。女の領域に踏み込んだあの一瞬であっても、男が一で女も一であるなら所詮一プラス一は一であるしかない。二にはならない。感激の後も一マイナス一も当然一に戻るに過ぎない。ゼロになることもない。つまるところ、何度熱狂的な愛撫を繰り返したとしても気化してゆく欲望の果ての充足には至らない。一時の昼食の味覚に過ぎない。そう妥協するしかないのではないか。もし仮に充足が可能であるならば、満腹に飲み干した水で一月以上も人は過ごせることになるはずだ。台風と同じこと。台風は生まれては消滅し、また発生する。同様に悲しいとも、残念とも言い難いが、男と女は決して増減することがかなわぬ一という宿命にあるということになる。そして幾度も同じことを忘れたように繰り返す。

一は二を求めるからだ。今から顧みればアダムにとって禁断の実の選択など何の役にも立たなかったことを悔いているはず。同じ罠に何度も落とされないようにする為にも、常に慎重であり、冷静でなければならないと。前後左右の警戒を怠らないこと。ことのつまりは誰より慎重で冷静でなければならない。そう……誘惑されずにあるべきだ。誘惑とは自己を知りつつ、その中に身を置いてしまう二律背反のこと。この私にも同じことが言える。注意と警戒が必要だ。

不可解なアダムとイブ、日付不明

昨日考えさせられた愛については妥当な終点に辿り着いたであろうか。今日になっても雲の上でかろうじて浮いている感じがする。いつ地上に落下してもおかしくない。そして今日は、もう一つの大きな雲以上のものが擦り寄って来た。それには思慮したこともない疑問と提案が印してある。それによれば、大半の動物は時機が来れば繁殖の為につがいになり、その任務が終われば離散してゆく。もし人間もある一定の期間のみ夫婦になり、子供の成人をもって別れるなら、解いても解けない謎めいた愛など存在しなかったかもしれないと。元来異性となる生き物が、長い間生活を共にするのはあまりにも無理があり、人が創った幻想と理想が人生と愛を複雑壊乱以上の遠距離にしてしまった。人は人によって底無しの矛盾に陥ったと。

確かに一理あると思う。人の生涯は短くも永い。しかし、愛は永く継続はしていない。それはどこかのヒューマニストが、ありもしない幻想と現実を混合させた世界を見事なまでに創りだしてしまったが為だ。そしてそれが我々を奴隷にしている。……そんな気もしてくる。そしてそれらはやがて文明と称する時間帯に延長され、行為を継承する文化というものになってしまったということだ。勿論、人はそれらの恩恵で全ての謎解きをしないで済むことになるが、反対にそれらによって牢獄の鉄格子から抜け出すことが出来なくなってしまった。戸籍という証明事さえ資産や財産を無視出来ない現代からすれば、必要不可欠に違いない。けれども、それ故に動物本能を無視した隔離政策の延長だと言えなくもない。動物は過去を悔いないが、人はまったく逆である。時には自己について後悔もする。

だからと言って、人は理想で語られるほど反省深いものだろうか。有史以来、反省と後悔は何度聞かされたことか。反省とは内服薬の混ぜ薬ではないか。一時の反省など単なる塗り薬に過ぎない。総じて知識人ほど反省を知らない。研究者達もその仲間だ。ゲノム解析やＡＩ進化が野放しに放置され続けるなら、人間に潜む内面の葛藤などと言っても、人ではない人を創造してしまった後にはどうでもよいものになってしまうだろう。事実、神でさえ知らなかった内なるゲノム戦争とその波しぶきは現実的に世界を呑み込もうとしている。

・・・・・・・・・・・・・・

そう言えば、思い出した人がいる。オスヴァルト・ゴッドフリート・シュペングラーだ。多くの歴史学者は、都合の良い分析だけを行い正当なる根拠無しに一方的な拒否反応をした厭世家だと酷評している。逆に私個人の感想からしてみれば、古代文化や文明そのものに対して有り過ぎる資料であり、ここまで回り道をしなければ彼の筋は通らないものかと思っていたところだ。

オスヴァルトと言えば、日本においても詭弁家であり、偏向観念だけの強引な文明懐疑論者だと酷評されつつも驚きをもって紹介された。だが、今や再生細胞や遺伝子配列の虚偽実験まで執着する科学者連中からしてみればそれは読書推薦にも値しないだろう。歴史をこじつけた解析など、遺伝子研究にとって何の有用価値もないからだ。けれど一方で、西欧の歴史を否定してまでも主張し続けた論拠の善し悪しはともかくも、彼に追随して見るならば、純粋過ぎる不安の底に唯一人間性というものが見いだせなくもない。彼の場合、心底でもがけばもがくほど出口が消え去り、次第に近代に向かって臆病という病になっていったと言うことも可能だろう。その最終到達点はかの如く。あれほど繁栄した恐竜が突如絶滅したように、当事者にとって未来は必ずしも予測通り楽観的なものばかりではないことになる。そういう観点からすれば、的を射ていない歴史研究であるとは言い難い。けれども、一方では歴史研究からはみ出た見当違いの妄想爆発であったとも言えなくもない。

日付不明

電車で一時間、かつて世話になった恩人の見舞い役に入れられてしまった。二度の手術を受けても人生一回説を唱えてはあいも変わらず意気がっていたが、かつての面影からは見る影もない。記念写真に残ったふてぶてしい髭面も過去に置いてきた産物になってしまった。

その後のこと。私自身の中で定義不可能な事件は起きた。帰りの街路で近回りを試みて行き止まりに遭遇した時だ。これより先にはいかにしても前に進めないことを否定出来ない現実だと思った。そして、ここに来た自分とここに居る自分も現実。この建物も現実。このブロック塀や鉄のフェンスも現実。この迷路も現実。試みた選択もこの時間も現実。葬式の花輪が幾つか見えるのも現実。首を上げて空威張りをしている犬も、道にはみ出した植物の花と垂れ下ったつるも現実、音を響かせ飛び回る虫がいることも、この日差しも、私は一人であることも現実。息切れするラッパが鳴っていたが、それも現実。巧いようでそうでもなさそうと感じる今も現実。戻ろうと数歩後退したことも現実。後悔し、前の道を思いだしていることも現実。これらは全て現実なのだ、と。そしてそれを考え、それらと向かいあっている優柔不断な自分もまったくの現実ということなのだ、と。

次なる現実は、港の埠頭にて釣人との出会いに取って替わった。近づけば手製のにぎりを忙しそうに押し込みながら竿先の一点を睨み続けていた。釣果を尋ねると、老人は快くクーラー・ボックスを押し出した。

「…………!　…………!?」

驚いた様に反して、老人は何も反応を示さなかった。だが、タバコを取り出した後でゆっくりとこう言い放った。

「驚き、びっくりはこちら様だよ。伊勢海老は夜行性で日中はベッドの中、なんでこんな場所にいるんだか。タコは結構な食通でB級グルメのイソメ類は口にしない。こいつは外国の渡り蟹じゃないの？　最近は寄港になったのか！　四十年ここで釣りをして、初めてだな。これじゃ、焼肉を餌にしてサメがかかってもおかしくないわな」

そして高笑いを抑えながら彼はこうも言った。

「よく知らないが、海の中までＩＳＯとかで何でも標準化に自由化だ。その内、海底も想定外になるな？　魚には国連はないからな。もっとも、こいつらも人間様みたいに日夜コンビニの生活になったのかもよ。その方が誰が考えても便利だもん」

その後、針にどちら様の魚が食い付いたのか無性に気になる。釣りは思ったよりミステリアスな遊びであり、予測不能だ。そんな総論を吟味する今も現実だ。

日付不明

毎日が日曜。こうも休みに埋没してしまうと日々の感覚が薄れるばかりか、土曜の有り難ささえ感じられなくなる。それ以上に、日曜の夜に忍び寄る淋しさと月曜の朝のけだるさも、かつて波間に見えた無人島のようだ。あれほど毎日時間に追われた日々はどこに行ってしまったのか。近くでひしめいた過去が忘れ去られる遠い昔になってゆく。週の始まりを不快に思いながらも嫌々出勤し、一日の終了を火曜の朝に確認する。どさくさで水・木を過ごし、もう少しの我慢と自身に言い聞かせる日々が日課のようにあった気がする。そして木曜の夜には解放される週末に想いを加速させ、休日の計画を練ったものだ。それはつい最近までのこと。どうなってしまったのか。

仕事が続くと不満なるものが膨張し、奴隷が抱くような反抗が込み上げたが、休む身となった今では逆に活力を失い、体中をさらに疲れさせる。毎日が休日、休みが仕事、それも辛いことだ。私は修正の効かないやっかいな状態になってしまった。これではいけない。なんとかしなければ。

日付不明

予測出来ないことが、ある時、ある場所で、突然に起きることがある。それは生きている限り避けられないことだ。なぜなら多くの生きものは私の意識の外で、異なる世界を持って存在しているからだろう。人はそれを何と呼び、どう理解するかは……しかし、私はそう思う。

おそらくこれもその一つだろう。私の内に甘い蜜や餌となるものがあったのだろうか？蟻が私に噛み付いた。それは一瞬であったが驚嘆させられるものだった。予告無しで生まれる突然の痛みは、時としてパニックにさせる。私はとっさに踵に手をあてがった。すると患部の周りには二匹の蟻が次なる戦略を立てているのか、あるいは行き先を喪失してしまったのか、上下左右を確認しいしい用心深く蠢いていた。

蟻はことの異常にすぐ気づいたようだった。反復される不規則な動作は一見迷子になった動作にも見えたが、想定外の殺気を察知した合図であったに違いない。手足を加速させ靴下を滑るように駈け降りては、必死で退散し始める。一匹は靴ひもに足をかけ必死の綱渡りを演じたが、他方は靴の稜線づたいに避難したせいかバランスを失って地面に落下した。

私の視線は追随して足元を下った。するとそこには小さな蟻が口元に固体をくわえ、黒い点字の如く行列をなし、アスファルトの住みかに向かって移動の真っ最中だった。片方は左側、運搬している系列は右とみた。私は右系列の元を探った。するとその蛇行は高いアスファルトの縁堰を乗り越え、青い芝生の中に埋もれたピンクの菓子に向かって蛇行線のように続いていた。

それはまるで、まさに漂流したガリバーに腹を減らした狼が数にものをいわせて襲いかかった後の集団掠奪のようだった。菓子の肌は黒く厚いベールに包まれていたが、よってたかって食い尽くすすさまじい活力、休むことのない作業……それはまるで征服か侵略であると宣言しても的を外してはいないだろう。

侵略だとしたら……私はそう思うと無性に腹がたった。何故に彼らは私に侵略の矛先を向けたというのか。食料難か、あるいは大遠征の途中で大きな獲物を発見し、一刺を加え、これは食料になりえるか、あるいは否かという品定めをしていたというのだろうか。それとも、王室の指示によって旅に出たマルコのように、未知なる境地への勇敢なる冒険者だったということになるのか。ましてや彼らにとって私は興味ある何者かであり、いつかは接触してみたいと判断していたとはとうてい想像しがたいことだ。

数匹の蟻が、また私の靴の前に来ては立ち止まった。彼らは頭を左右に動かしては相互に検索をしているように見える。二歩進んで立ち止まった。更に横に移動する。また頭を振っている。何の合図なのか！　侵略の開始か、一匹が素早い動きで靴の上にかけ上がる。すると他の蟻も続いて同調した。

「…………！　…………」

私は振り払うように足元の行列に一撃を加えた。すると多くの蟻は弾き跳び、衝撃の大きさに列は乱れて断絶する。靴で潰され深手をおった蟻が体を横にして踊っている。しかたあるまい。私の中の防衛本能がそうさせたのであり、この場の自己防衛とはそうせざるを得ないということだ。

私は息をひきとった蟻を手に取った。蟻は指で持てないほど小さかった。しかし、指の先端でやっと抱えると、そのくちはあのギロチンのように獲物を仕留める最強な凶器だった。図鑑の中にては高度な組織と働き者の有り難い代名詞をちょうだいしているようだが、彼ら自身より大きな獲物を食い千切っては持ち帰る凶器のからくりはこうなっていたのだ。

私は、これらの蟻は侵略の為の予備兵であると承諾した。彼らの百科全書に人間は恐れるものであるというくだりはないはずだ。一刺を加え、一戦交えてきても決して不思議なことではない。彼らにとって大小は問わず人間も食料在庫の一つに過ぎない。蟻の列はまるで何もなかったように、次なる獲物を求めて進行を開始している。まるで埋もれた黄金の財宝を求めて獰猛な探険家が草むらをかきわけて秘境に挑むように。

……そう言えば、一月七日に届けられたハガキがここにある。《悔い改めよ、裁きは近づいた》と予告された運命の日は明日だ。おそらくペテン師達による勧誘の類いに違いないが、信じる者だけが救われるというのであれば、午前零時までちょっと待とうではないかという気になる。いかなる最後の審判たるものが下るのか。その歴史的、世紀末の結末とやらを。

……もしそうであるなら神の国からの刺客は、意外にも二匹の蟻ということになるのかもしれない。余りにも天地創造の神にしては御粗末過ぎる。幼稚過ぎる。子供向けの漫画でももう少し手のこんだ仕掛けがありそうなものだが。しかし、その蟻も死んでしまった。所在不明になってしまったことにより報告不可ということだ。神も自らの意志を託した彼らの安否を心配していることだろう。

……一方で、仮にこの私が神の下僕になっていたとすれば、いかなる楽園が用意されているのか。それも興味をそそることでもある。それはそれは見渡す限り艶やかで、そして真っ赤な絵本の中に登場する浦島タロウの世界なら悪くはないだろう。なぜならこの世ではとうてい拝めないお姫さまのいる竜宮城に行けるのだから。

悪乗りはこの辺で止めよう。そして冷静になろう。……深入りし過ぎたのか、馴染みのない十番街に突入してしまった。入り口を確認せずに侵入した故にもう戻れない。帰れない。だから出口を求めてまた追伸と追求の迷路をさまようことになる。

どこそこの××は別にして改心もせずに生きている罪を背負えとは牧師達の遺言だが、数千年以上も嘘と脅迫を現実の如く宣教してきたのはいったいどこの誰なのかと問い糾したくなる。あの人物か、あの連中か、あの本か、あの件か。そして、それらは虚像を生み出す麻薬と同様に誰も歯止めをかけられなかった訳とは……残念ながら私にそれらを暴く才と勇気、そして知識がないのが何とも悔しい。

　残念だが、私のレジスタンスはここまでとしよう。あの世紀の奇才でさえ堂々と×の死を宣告したものの、ことのつまりは道化師に変身し、手品ですり替えた分身を創造しただけのことを思えば、この私にそれを上回る錬金術などある訳がない。あの主人公はいったいどこに行ってしまったのか。ＳＦ映画とともに音楽で復元されることはあったが、はたしてその正体は何だったのであろうか。その追跡……無茶なことだ。無謀だ。それにしても、××……この先はもう止めよう。

予告された、七月三日

　案の定、昨日は何も起きなかった。あのこと以外には……。けれども、朝には久々の眩しい光がやって来た。そして昼には湿った大気が私の周りに襲来した。

　午後、味のない雫が唇に落ちると、空は暗かった。急いで長い坂道を登り終えると、街はすでに雨の中で藻掻いていた。深夜、タクシーのガラス越しに見る街は夜に浮かんだ蜃気楼のようだった。私は、車を覗きこむ光と暫しの間戯れた。

空白の、七月四日

何の目的があったというのか？　私は引き込まれるようにドラッグ・ストアーに入りはしたが、余りの量と陳列に圧倒され何も買うことが出来なかった。『全てに有効なサプリメント』の意味は私にとって理解不能だった。
昼食は注文はしたが、食べられなかった。店主は厨房の隙間から私を暫し覗いていた。
何の為か、おそらく……そうだろう。

夕食だけを食べた、七月五日

甘いトマト、そして焼きたてのパンがあれば十分な日もある。

七月六日

誰一人として同じ人間はいない、と言うのはかなりの確率で正しいし、正論かもしれない。例えば臨終という修羅場を前にして「最後に何か言うことは」という問いに「人生はクソったれだ」と言った人がいれば、かすれた声で「金があれば絶望だけは防げる」と無念を滲ませた者もいる。

そして、これからの特集番組もどんな発言が乱舞するか見当がつかない。もっとも、それを大いに期待するものなのだが……。

自称近未来学者は、こう述べていた。「ヒート・アイランドは、人災だ。大都市でクーラーを大量に使った結果、吐き出された熱が内陸に移動し、豪雨に転化される。五度上げた責任は大都会にある。クーラー使用禁止令とともに大都市を崩壊せよ……さらに今の社会の規範に物申す。結婚は、単に金持ちの引き継ぎ制度であり、一方では貧乏人が親の敵討ちを託した個の総体に成り下がった。種の純然たるものは、原始社会それも集団結成の遥か前までだった」と断言していた。極めて独善過ぎる考えではあるが、完璧過ぎるほど筋が通っていると思った。

今日は、さらに異色の専門家も登場した。犯罪学を極めた男が下した毒殺的結論は、高額なハイ・ヒールやラメ入りの口紅、金のピアスと二重シルクのブラウス、そして手首を人前で露出する女ほど赤信号だということを認識せよ。つまり身に付けた記号と暗号の数に比例して欲求不満のボルテージは高まるということだった。

赤信号、それは止まれ、進入禁止を意味する。何故にか？　これらの記号に隠された美を見いだす女は、三歩踏み外すと満たされぬ性的潜在意識の肥大化によって自己充実を取り違える可能性があり、一旦そのパズルをワル男に解読されようものなら、充足を欲しがる奴隷として悪の片棒を自ら担ぐことになりかねないという。しかも、常軌を逸した事件の相棒としてである。足、指先、耳、首筋、口元の刺激、そして女の心臓部は全て相関関係にて成り立っているというのが根拠だった。

では、大脳生理学的に凶悪事件に手を染める危険な男とは……それは次回のお楽しみらしい。

日付不明

料理を食べている時に味を語ってはいけないと思った。なぜなら、食欲は味覚を奴隷にしてしまうからだ。恋愛中に愛を語れば、愛ではない愛を語ることになってしまうことのようだ。なにやらこれは難しいことになってきた。私は何を言いたいのか分からない……。

日付不明

『電車を間違えた。人生はきびしい！』

そう綴られた落書があった。

その脇には『単にアホなだけじゃないの』と追随する返答があった。

『淋しい。でも孤独が好きなんだ』

その隣には『ぼくがなぐさめてあげる』と添え書きがあった。

『十五です。タバコが止められません』

その上には『十四で止めました。今はウオツカと女に夢中です』と結んであった。

しかし、あの一説だけは読んだ後で暫く考えるのに値した。

『この青い空はどこからやって来たの。あの白い雲はどこで生まれ、いずこに行くの。この気持はだれに？　私はだれ、ここはどこ、私はどこから来たの、あなたはだれ？』

……『お答えします。精神病院にいた人でしょうか？　俺の分からないことを書く君は天才です。空は俺のハートから。雲は未来から来たのです。ここは駅なの、学校ではありません。ぼくはフリーターです。バカ！』

これらが語ろうとするものと、その行き着く果ては……何度も読み返したが、秀才が書いた文芸作品にはない文学であるような気がした。才能というよりはむしろトンチである。ところで、言葉というものは人や物、そして世界をどこまで正確、且つ緻密に表現できるものだろうか？

・・・・・・・・・・・・・・・・・・・・

何年かぶりで抗議デモに出合い、危うく署名という罠に染まりそうだった。彼らは総じてクビ切り反対、賃金アップ、格差是正、雇用確保、パート救済を合唱隊のように連呼していたからだ。愚かにも、「団結せよ」という誘い水を飲みそうになってしまった。解雇の増加、間近に迫るもの、賃金低下、昇給見送り、日々の就業格差、さらには見かけ以上にご都合主義によるリストラのしわ寄せが蔓延しているかの如くに感じたのだ。

しかしである。不満渦巻く何かがそうさせたのだとしても、チップスをかじり笑いながら行進するデモなどあるはずがない。我に返れば何とも緊迫感に欠ける仮装行列の類いと言うもの。前もって一人村八分にならない為の参加、あるいは義理で断りきれないお付合いとすれば賛同なる笑いの一つも得られるかもしれないが。

今、この場にて彼らに言いたい。この私は人に進言をたれる程の者ではないが、あれもこれも、全て平等は有り得ないことではないか。知り得る限り、あれかこれかの末にこれしかないと一筋にかける旗頭は大衆受けなどは煽動していないはず。現代の今でも苦悩する難民救済や食料支援、談合の真相究明や医療弾劾、不当判決に一生を捧げる勇者はいる。信念を貫き、たとえ自己を犠牲にしてもかかる人の為に働く人たちだ。

新聞の切り抜きに過ぎないが、真似の出来ない真実がここにある。原発の放射能にて廃墟同然となった町に、都会から一人出向いた者がいるという。男ではなく女だ。ましてや彼女は故郷思いの育ちではない。農業経験さえもなかった。殺傷処分を偶然にも免れた十一頭の牛達とともに、避難にて荒廃してしまった田畑の再生に取り組んでいる。雑草を除去するには牛に食べてもらうのが一番、この信念に迷いはなかった。賛同する者は次第に増え続け、注目すべき成果も上げている。これは事実である。彼女の収入は、店員の副業と若干の家庭教師代のみ。睡眠は三時間。けれども自らの意志である限り、そこに不平・

不満はない。見返りは満足のみである。このような人達の志をなんと表現したら良いのか……これは尊敬に値するだろう。

いつの日からか満ち潮のように定期的にやってきては、私に突如襲いかかるあの不透明な世界、逃げ切ることの出来ないあの脅迫、暴力こそ行使しないが征服欲に満ちた残忍さと冷酷さ、それらの謎解きは努力すれば可能かもしれない。

けれど、想い出しえること、想い出したとしても理解可能なこと、それは何度も経験したがひどく限られている。残念なことだ。悔しいことでもある。今から果てしなく風化され砂漠に沈んだ過去を、現在の追憶の果てに掘り起こすことなど微々たる抵抗でしかない。一夜の砂塵でかき消されてしまう。瓦礫か、あるいは砂に埋もれた私の住居の中でどの瞬間、どの場所、どの人が隕石落下のように致命的だったと断言できるものは何もない。自然侵食のようなものだ。とうてい今の私には……廃墟の上に立ち、誰も聞かない過去を歌うようなものだ。

もし、この私が出来なければ……。誰かが時の流れの中で私の過去の歌を翻訳してくれることを願う。

日付不明

一目散に二羽の鳥が飛んで行った。何をそう急いでいるのか?

日付不明

奇妙なステッカーを発見。車の後部ガラスに貼られたそれには『愛は美しくも悲しい今日も行く　第365哀愁丸』と書かれていた。その第365哀愁丸は南に向かっていたが、はたしてどこに行くのか?

そう言えば、こんなフレーズを見たことがある。注意一秒が生死を分ける。トラックの荷台に書かれていた気がするが、これもかなり面白い。生物にとって一秒とは……他にはなかったかな?

日付不明

いつも陽気であったはずだが、医者は即断を避け、神妙な顔つきでこう切り出した。「小さいがガラスの破片が三つ、それに骨の付き具合が……再手術が必要かも」月面着陸のようなモノクロ写真には、何かしら異物が写し出されていた。私は説明を聞いた後で一言、「分かりました」と答えた。

看護師は、帰り際に「お大事に」と言ってくれた。次回の診察は、八月三十日。

日付不明

テレビ中継、一人の評論家が渦中の男に対して《なぜ、沈黙したのか》と迫っていた。男は多くは語らなかった。けれども、最後にこう締めくくった。「あの事件に関して、証言はもとより資料や証拠を突きつけられ、完璧に私の責任だと逃げ場がないほど非難されたが、私が沈黙を通したのは、どんな些細なことでもそれなりに言い分や理由があるのだ、と言っても……もはやそれは彼らの理解できる範囲を超えていたのだ。私をここまで走らせたものはそう単純なものではない。あの場合、それ以上過激にならない為には沈黙しざるをえなかったのだ」と。

「では、これからも沈黙があなたの武器ですか？　周りには味方も多いはずだが」
「その通りだ！　敵の敵は味方にもなりうるが、味方の味方は得てして敵に転じることがよくあるからだ。この渡世では」

沈黙という武器？　七月八日

なぜバス会社が何度も私に問い合わせをしなければならなかったのか、その事情たるものは分からない。けれども、二日前に今日が旅行日であることを丁重に連絡してくれたのもその会社だった。一日限りの日帰り旅。素直に期待し胸躍るものがあった。

旅行日時　七月十日　日曜日　六時出発
参加者　四十二名
年齢層　六歳から七十代
費用　一万二千円（大人一人）
行き先　ミステリー
食事　ミステリー　一部変更可

オプション　温泉入浴可
帰宅時間　交通次第
定刻通りの出発。七時半に一時休憩を取り、五十分に再出発。バスは順調に高速を走り続けた。

十時四十五分、休憩中のことだ。老人が揚げたてのスナックを買い込む。それを見た年頃の女が口をパクパクさせながらおちょくった。

「美味そうね、じいちゃん」

「少しあげようか！　一度食ったら病み付きだねぇ」

女は嬉しそうな顔をしたが、しばし考えた後でこう総括した。

「遠慮しとくわ！　そうならないように！」

十一時三十分。さきほどの女がアメリカ国旗に似たハンカチを持ち出すと、老人は身を乗り出して言った
「いいねぇ、二十五になったようだな」

「いや、いや、十一よ……」

「そんなに若いの？　……」

「ガキなのよ、年甲斐もなく！　……」

十二時十五分、目的地到着。ミステリーな行き先は、水族館だった。子供は喜び、大人はワン・パターンだと残念がった。ある家族の夫は、「本当にミステリアスだったら大変なことになるよ！」と不機嫌な妻に説得を続けていた。

だが、意に反して水族館は盛況だった。歓声が起きた後には魚名を叫ぶ声が追随し、さらには大群が間近に接近する度に大きなどよめきが沸き上っていた。初めて造られたという暖寒流が交差する水槽は、先が見えないほど長かった。むろん、その中には古い友人のような懐かしい魚もいたが、まるで赤の他人も無数に存在していた。

ところで、無邪気な気持ちで言えば、黒い瞳の魚達をこれほどまでに直視したことは過去にはなかったことだ。改めて知りえたことだが、彼らはきわめて無表情で、感情を表わすことをしない。彼らだけに備わった皮膚時計もあるのかもしれない。なぜなら一定のサイクルで回遊することを現実の証としているかのようだからだ。

更に思うことがある。前進あるのみである彼らにはまばたきをする必要がない。まばたきとは時間を括弧にくくり、あるいは判断中止を行うが故の疑問符のことだ。人は生まれながらにまばたきを始め、人生の困難さを歳とともに感じていくが、彼らには年老いていく焦りや後悔といった概念は持ち合わせていないのだろう。なぜなら決して戻ることをしないからだ。

と、すれば私はまばたきを踏まえて、更なるまばたきをしなければならないことになる。額にしわを寄せ、ガムを噛み、菓子を食べながら水槽の外で手をふり回し、魚の名を叫んで大はしゃぎしている人間は、どちらが水族館の観賞物なのか分かりはしないではないか、ということだ。魚はガムを噛まない。

昼食は、ミステリー料理と言えるかどうかは別にして、竹皿に高層ビルの階段かドミノ倒しのように捌かれた魚の切身が一区画毎に盛り付けられていた。

「これは和食の王道だ。いくら食っても病み付きにはならないよ」と老人の講釈が始まった。僅かの間、食事は周りを無口にさせた。

若い女が突如悲鳴を上げる。

「生きてる！　だって動いたもん」

男がちゃちゃを入れる。

「当たり前だろ、生き造りだって！」

「かわいそうじゃない！　生きているままじゃ、痛いんじゃない！」

「かわいそうで、魚が食えるか！」

籠に多くの視線が注がれた。完璧なまでにタイは薄い肉片の付いた骨の枠組みになっていた。その上に細かく捌かれた自分の肉体を載せ、ショー・ウインドーに並んだ擬態のように横になったままだ。和の職人達にとってそれは自慢なる春夏秋冬に値するとしても、ハンバーグ族には残酷な料理の演出となっていた。周りの雑音を意としない男が平然と胴体から身を取り出す。すると肉片は背骨が痙攣したように小さな振動を呼び起こし、追随して肉片を押し上げる。

「やはり、生きているよ」

女は改めて呟いた。

魚は背骨に残された微かな神経のみで生きていた。まばたきもせず横にされたままだったが、動く限り……生きていた。

私は、この魚はつい先程まであの水槽で群れをなしていた一部なのか、そんな錯覚に即刻襲われた。

『三時』、四十分間の入浴タイム。

湯は白く熱かった。毛穴には湯の凝固分が垢のようにまとわり付いてきた。それは薄い牛乳に似ていたが、少し口に入れると硫黄の臭いがした。見知らぬ男は、米の磨ぎ汁だと笑っていた。

五時、バスの中には拾い集めた多様な匂いで満杯だった。女は持ちきれないほど土産物をかかえ、男は酒に酔っていた。子供は人形と一緒に眠りにつき、視聴者のいないビデオがいつまでも回っていた。

七時十分、到着。

若い女が土産物を落としてバスの中を混乱させた。小魚の甘露煮、サンマのみりん漬、ブリの目玉、ウニの貝焼き、珍味のセット、そしてタイの一夜干しだった。

・・・・・・・・・・・・・・・

帰宅の途中、まさかの偶然に遭遇してしまった。それは今日、この場所で、と無口にさせるものだった。車、事故、通院、辛い記憶を辿り戻したくないことだが、あの時の、あの再現現場のような状況を否応しに直視しなければならないとは。パトカーはまだ一台。中央分離帯の脇には真新しい車が数台横転したままだ。そしてその近くには、焦げたオイルの臭いとともに男女がピンクのシートに重なり合っている。

時々、鮮血か油か判別が出来ない液体が、行き先を失って車から滴り落ちる。昆虫のように男の体がねじ曲がっている。そして時々発作のように動く。それは最後の肉体収縮なのか、中枢神経から断絶間近になった筋肉発作の始まりのようである。

あの惨状、残念ながら何も出来ず、見過ごすことしかできなかった。思うに私と同様に時が招き寄せた偶然という罠の事故であったとしたら……そうでないことを心から切に祈る。

七月、友引

《危険な男》に関する特集は見逃してしまったが、あの社会学者は今日も唖然たる発言で締めくくった。

「カツラをつけている人を詐欺罪で逮捕せよ。なぜなら、人を騙しているからだ」

ウエーブのかかったパーマ、唇を覆った口紅、瞳を見せないサン・グラス、頭を隠してしまう帽子、運転手の手袋、受付嬢の香水、そして身につけたあらゆる衣服の類い……人は全て重罪をもった詐欺師ということになるようである。

夏の日に、冷えた部屋で聴く静かなボサノバは実に悲しい。

七月、先勝

百円と五千円のフライパンで作った目玉焼きに味の差はあるか、ないか。それが最大の話題のようだった。

「あるね。仕上がりが違う」

「そうかな？　卵は卵だ！」

「あると言えば、あるかな」

「ないと言えば、ないね」

「仕上がりの違いは、味の差だ」

「見かけは違っても、味は同じだね」

「微妙な違いがあるんじゃないの」

「いやいや、ありそうでないかも」

「一個ずつ焼いて一回食べればみれば分かるよ」

「いや、十個焼いて、十回食べても分からないな」

「その位やれば差が出るね」

「いやいや、その位では差が出ないかも」

遊戯場の休憩室で四人の大人が、百円と五千円の差をめぐって熱くなっていた。百と五千の差とは、出来上がりの味覚か外観か、ものの重量か、大きさか、材質か、それとも装飾の差か。この問題、意外に簡単そうではあるが納得する答えはなかったようだ。そもそも差とは何なのか？

・・・・・・・・・・・・・・・・・

「一万円にはなるな！」

「だから、よしな、日銭稼ぎは！」

二人はそう言って腰を降ろした。

「バイトばかりやってないで！」

「あぁ……」

「保障がないだろ！」

「気楽だけどな……コンニチハに行っているかって？」

「コンニチハって何だ？　その日暮しも困るだろう。毎日働くことが……」

「だからハロー・ワークって呼ぶんだな。不況無しは営業職だけよ」

「なさけねぇな、おめぇは！　……」

「だけど、前の所はどうして辞めたのかって必ず聞かれんだよ！　×にはわかんねえと思うけど。俺には誰かが作った常習というお面を持たされてんだ」

　世間ではよくある二人の話は続いていた。真剣三番勝負と呼んでいたパチンコ、彼らの結末はいかほどになったか。私はマイナス三千円なり。

・・・・・・・・・・・・・・・・

　十八番ホールの大逆転劇。ロング・パットのリプレイが何回も映し出され、吸い込まれる瞬間がクローズ・アップされていた。視聴者は誰もこの画面の、この一点を見つめていたことだろう。ゴルフ、マジック・ショー、そして花火、これらは瞬時に消えるからこそ美的なのだ。考えさせない美もある。

だが、一気にやって来ては突然消滅する……きっとあれはテレビの再生劇とは違って、一種の錯乱に違いない。七時を過ぎているのに外はまだ明るかった。夜を忘れた夜には時間を感じなかった。

七月十四日

「めっきりこけたんじゃないか。前はもっとふっくらしていたな」

「……………！」

「不可抗力と言っても、仕事はほっておけないから代わりがやっているよ。無理してもとは言えないなァ。地獄の沙汰まで金次第とはいうが、健康第一だ」

「……………！」

「診断書、見たよ。まぁ、今月から嘱託を採用したけど」

「…………!」

「顔色が良くないな」

「顔色が?」

「そう、あと二ヶ月も休んで、もっと楽な仕事でも探してみたらどうだ? 何かあるだろう」

「…………!」

私の記憶が確かであれば、かつて一度も公言したことのない不可抗力という言葉に完璧に翻弄されてしまったようだ。あの一度の交通事故の為に。蒼白い月夜、透き通ってしまう静けさ、私の歩幅、私の方向、私の場所、時、分、秒、そして飛び込んできた車……私は弁解はしない。釈明もしない。事実はあの時に発生した。事実は変えられない。事実は認めよう。けれども、これだけは言っておこう。あれは私が望んだものではなかったのだ。しかし、……ようになってしまった。そして、今は、今の、今でも、私は、私の、私が、私に……。

噴水が水晶のように光を放つと、霧雨になった雨風が恋人たちのメロディとともに寄り添ってきた。まるで日中に演じられる雨の中の巡り合いのようだ。

夏服を着たマネキン人形を見ていると、周りは全て私のものだと思った子供の頃を想いだした。「早く寝なさい」と大人はよく言っていた。

七月二十五日

著名な花火大会の当日、テレビは花火師にインタビューを試みていた。

「今晩、いよいよですが、花火を美しく見せるコツ、それを教えて頂けますか」

「コツ！　強いて上げるなら風と雨が無いこと。そして真っ黒な空かな」

「真っ黒な空ですか？」

「そう、真なる黒とは蛍の光でさえ眩しいものよ」

「それは？」

「闇のことさ！」

三時、電車の中はどこから来たのか、浴衣姿の少女達でいっぱいだった。

七時五十分。始まりは近い。けれど、光の散乱は鳴り止まず、真っ黒な空は見当たらなかった。まして闇にいたっては……どこにもなかった。あるものを除いては。

日付不明

指定された通り休職届を提出し、七日が経過した。いや、七日間が過ぎ去ったというのが妥当かもしれない。その間特異なことは何もなかったが、日々の生活を淡々とするにあたり、すべきこと、してしまったこと等、些細なことまで介入させるなら多彩だったということにもなる。

あえて記述するとなれば、想い出を開いたり、記憶を自由に操作しながら、何の為に、何を求めてということもなく無造作に考え続けたというべきものにすぎない。あらゆるものが細い糸で結びついているものもあれば、まったく無関係なものまであり、理解不可能なものもあった。

今の私は気分が悪いのか、どこか体に異変があるのか分からない。と、いうのも午後にアイス・コーヒーとツナ・サンドの食事をした後のことだからだ。コーヒーの冷やかさはほてった体を癒してくれはしたが、舌に絡む苦さは空腹をより助長させることになってしまった。それ以上に、無造作に投入したパンは胃袋をさらに混乱に落としこんでしまったようだ。

一時的な対処、それは思いつくままましたつもりだ……というよりは、ニコチンとタールを吸収させることで精神的に帳尻を合わせようとしたものなのだが。しかし、それは喉元と舌をザラザラに荒らし、最悪にもフィルターに吸着した唇の皮を強引に捲り上げてしまったようだ。唇に痛みがある。それは使うべき有効なる手立てではなかった。いたしかたないことだが、自虐的な行為そのものに過ぎない。バカがやることだ。

そんなことよりも、私が自分自身の影の重みを感じたのはその直後のことだ。私には私の意識があり、私の肉体があるにも拘らず、私の影は私であらぬ私のように変形されていた。気分がすぐれない私であるにしても、それは必要なく見捨てられた悲しさに覆われたものだった。とにかく私は、この私一人で十分なのだ。とうてい二人は必要ない……。

けれども、そう思えば逆説を貫くように太陽は益々輝きを増し、影は不気味に私につきまといながら色濃く膨張していくのだった。夏の光という甘い蜜に群がる影は、切っても切れようもなく、離そうにも離れず、まるで鎖で結ばれた奴隷のように私を束縛しようとした。私は日陰に入っては影を切り離し、隙をついては影から逃れようと変速に舵をきったが、残された体力も奪い去られるだけでとうてい不可能なことだった。いっそのことこの追跡劇を突然の、あるいは真夏のシャワーで流してほしくなるほど、光と影の餌食にされ続けた時間は長かった。

夢に懐疑をはさんでも何も解決策はないようだ。私は、夢の中で状況把握もままならず、一方的に加害者になってしまった。

「精神的には満たされていたけど、わたしの肉体には興味がなかったのかしら？　なぜ、一度も求めなかったの？」

「精神的に満たされていると肉体は欲しないものだよ。肉体にそれほど関心があるとは知らなかったな」

見知らぬ女が突如詰め寄り私にそう迫った時、面識の無い男がそう返答してしまった。だが、当の私は何も反論していない。どこかの誰かが私の意志ではないやり取りをしてしまった。私は何も言ってはいない。たじろいて考えていただけだ。

誰かが私の夢の中に潜入し、さも私の意志で私が話したようにすり替えてしまったようだ。そもそものことの始まり、どこからやって来たのか分からない登場人物、展開、結末、全てが不明である。危険を感じて回避することも出来ず、好みだと言って意のままになることなく、自分の意志とはまったく別世界で語られるこの映像は悔しいほど謎である。

出来うることなら夢の中身を真っ二つに叩き割り、ことの真相を覗いてみたいところだ。なぜなら、好きだと言ってみたところで望む夢に遭うことも出来なければ、嫌いが故に避けて通り過ごすことも……ましてやこうあって欲しいとか、こんな夢をとかと希望したところで、どうにもならないからだ。

とは言っても、私は学者が熱中した冷静且つ統計的な解析、そして何よりも幾何学的な帳尻合わせなど何の興味もない。私は他人の夢や夢そのもののメカニズムを熟知したいとは思っていない。自分自身でも判別のつかない夢の構造など関心がない。判断ではなく切り込んだ本質だ……私が見た夢は何故にそう展開してしまったのか、なぜあの夢は存在し、どこから登場したのか。そしてそれをどう理由付けするのかであり、私自身にどう説明し、あるいは私自身がどう納得するかが問題だ。あくまでも私自身の中の得体の知れない未知なる世界だ。神から祝福されたのか、あるいは嫉妬されたのか、そんな異端な能力……シェイクスピアのような日中にいたっても夢の続きを継続出来る才能は持ち合わせていないからだ。彼は夢を現実の世界に持ち込むことが出来る才人であった。そう思えば、ある文豪が周辺の散歩で楽しんだ自己陶酔の愛の夢など子供まがいの遊戯であったことになる。

とにかくある面では、夢の中で多種多様な経験をさせてもらった。思えば私でない私が存在するようであるが、不可能を可能にしてしまうのも夢なのかもしれない。

思いを辿れば、かつて異様なる夢を数多く見た。忠誠を誓った愛犬を持つ私があり、チェンバロの音色と黄金の光が溢れるほど差し込んだ幸福な生活もあった。東と西からおのおの月が昇り、私達はこの先どうなるのかと奇想天外な連想ゲームが行われた。ユートピアの世界に一人迷いこむと、小鳥がこれが最後の食料だとカラカラになった粘土を食するものもあれば、「二十四までは勧善懲悪と同居しているけど、五を過ぎると女って妖婦になるのよ」と私に叩きつけたものもあった。

頭がおかしくなるほどの大自然が私を待ち受けていた後は、口笛を吹いて歓声を上げた上に、体を動かしてはドタバタを繰り返し、音楽をかけながら逆立ちしている私がいた。汚染された海中プランクトンが人間に逆襲を試みた後の第二幕は、魚が人間を見事に釣り上げていた。餌は一粒の米だった。

アメーバーと化した私が地球外生物と格闘し続けると、チャンネルが替わって麻薬密売人に転じていた。肥大した蚊が吸血鬼と化して人間を襲った後は、地球最後の一日一分を送る私がいた。神が存在し、私に会いたいと手紙を送付してきた。私は神の誕生にいたるまで十万項目の質問状を書いた。

白い雲を網いっぱいにたぐって味見をすれば、甘いシャーベットだった。ａｄｉｅｕの響きの中で多くの人が永遠の別れを告げたが、その後は、？　の連続だった。限りなく白、限りなく黒を追いかけると、その先にはまったく何もなかった。四十三億年先まで辿り着くと、猿の惑星は本当にやって来た。彼らは新言語を話し、その先二十億年後の支配者を予想していた。

偉大なサクセス・ストーリーを追い続けると、最後には逆の結論に導かれた。洪水が地震を鎮め、地震は洪水を叩き割った。レオナルド・ダ・ヴィンチに会い、モナリザは本当にあなたの作品であるかどうか訊ねたが、回答はなかった。Ｊ・Ｓ・バッハに、あなたの死後数百年後、偉大な音楽家として尊敬される旨を伝えると、私に未発表の楽譜をプレゼントしてくれた。けれど、私はそれを読むことは出来なかった。

クジラと海中遊泳を楽しんだ後には、公園の池で溺れる羽目になり、鳥と空中遊覧をした後には、地上に激突する私があった。私と同じ人間が三人存在すると、二人の陰謀で一人が抹殺され、二人になると相互の戦いが始まり、結局私という人間は一人しか存在しない根拠はそこにあった。占い師に運勢を訊ねた後で少々ごねてみたら、「私の将来を占ってくれ」と頼まれた。相対性理論が現実化し、秒速百万光年というタイム・マシーンで宇宙の果てを目指したが、それでも最終地点には辿り着けなかった。莫大な金を得た富豪と一文無しの人間の損得勘定は、やはり富豪に分があった。

ある科学者が遺伝子レベルで癌細胞との会話に成功し、「動物に寄生し、なぜ死という運命共同体を選ぶのか」という問いに、癌細胞は「逆に、私も後悔している」と言った。透明人間になると退屈なことばかりになり、人生五百年になると「長生きを悔い改めよ。自殺を薦めます」との新興宗教が無制限に誕生した。

あれも、これも……なるほど夢はとうてい思い出せぬほど多くある。けれども、唯一夢の世界でも不可能だったものは、夢の中で夢を見ること、そして時間をストップさせることだった。これは今でも届かぬ願望である。まして夢のまた夢、その先には何があるかなど、また夢の話になってしまうだろう。

……今、氷が溶けてコップの中で崩れ落ちた。反響した金属音を残し、水の中に浮かんだ。あるのは、コップと水、そしてコップの背後に出来た凹んだ影だけだ。歪んだ影、これは今の全てを語っている。形あるものは壊れ、現在から過去に滑り去ったのだ。決して二度と戻ることはない。決して……。

疲れた。現実に立ち返ろう。大袈裟な集大成を試みる必要は何も無くなった。少なくとも可能な限り言えることは……もうこれ以上は、ということだ。そして、更にはっきりした結びがある。明日、間違いなく退職届を提出する。

八月二日

自身禁忌とした破片を詰め込んだパンドラの箱を開封するのは、あまりにも覚悟のいることだった。なぜなら今まで気付くことのなかった何かを得られるに違いないが、それ以上に失うものも多いはずだからだ。たぶん自身でなくなってしまうばかりか、自己を失うことになるかもしれない。

やれることは全てした。時系列にヒビ割れを直し、階段を合わせ、点を線に、無形状を丸に、無数を一つにつなぐ修復を施した。さらには記憶なる輪郭を整理し、想い出を追いかけ、あるいはその二つを無理やり一つに重ね合わせてきた。作業は難解だった。時間から場所へ、場所から物へ、物から人へ、人から事実へ、事実から嘘へ、嘘から時間へ、そしてここにやっと辿り着いた。多分最終到達点だ。これが過去という秘境の限界だろう。

残念ながらこれ以上は望めない。きっとそうだと思う。

さっそく、やはり案の定だ。今その冒頭なる帰結が想定を飛び越えてやって来た。驚くべきことにその始発列車は、五歳の私だ。疑えぬ目印として五歳の私がいる。全ての私は五歳から……誕生からでもなければ命名された時からでもない。以前でも一昨日でもない。なんという皮肉であることか。

しかし、ここに至って、全面否定は不認可というもの。人は皆平等であるとか、過大過小な評価が在ったか否か、他人と自分は自分と他人である等と既に犯した過ちをもはや繰り返すことは出来ないのだから。それ以上にパンドラを開けてしまった限り、多少なり手直しと装飾を行い、過去を懐かしく愛撫する時ではなくなった。変更はない。毛頭有り得ない。今では単に難しいとか容易である等と言う反駁も許されないことを、自身自覚すべきである。

もしそうであれば、自覚はもとより、無念にもその頃に来るべく未来を否定していたことも受け入れねばなるまい。将来は、と恐いもの知らずの希望をうすうすと棄権していたのだ。まだ見ぬ世界に諦めと恐怖を抱きながら……失望という空虚な物語を未来に刻んでいたようだ。

今思う。覚悟はあるか？　覚悟は出来ていると。フラッグは間もなく切って降ろされるだろう。たとえ世話好きな邪魔が介入しようとも、毅然たる意志を持って降ろすつもりである。見ようとして見えなかったもの、見まいとして見えてしまったもの、記憶に留めんとして残せなかったもの、忘れてしまおうとして消去出来なかったもの、聞こうとして何も聞こえなかったこと、聞くまいとして鮮明過ぎてしまったこと、知ろうとして逆に不明になってしまったこと、知るまいとして余計に届いてしまったこと、愛してると言って遠のき続けたこと、嫌いだと宣言して慕っていたこと、飲もうとして蛇口に置き去りにした瓶ビール、飲めないと言って一瓶たいらげた黒ワイン、信用しようとして疑い続けた教訓、懐疑をはさんだが信じきってしまった噂話、かくして人生のグランド・ショーはこうも長々と継続されてきた。これほど永く。

まさに多様なライブであったと、ここで言おう。うっかりするとそれは全て偶発に頻発した矛盾と葛藤のように見過ごしてしまいそうだが、きっと裏の裏で結託し、知らされることはなかったシナリオが存在していたのだろう。おそらく、いや疑いなくそうであったに違いない。けれども、これまでどこかの脚本元でたむろしていたショーは、今日をもって打切りとする。幕を閉じてもらわなければならないのだ。小休止や一時停止ではない。

私は自ら選んだ海辺の街にいる。今ここに六日連続の小さな幕が上がっている。これは誰かに演出されたものでもなければ、アドバイスでもない。私自身の判断で幕を上げたのだ。自身の決断で幕引きをする為に。

息を吐いたように、私から六日という時間が消えていった。今ここで取り立てて格闘すべきことは何もない。当てのない朝の散歩、昼間の買い物、眠気と付き合う昼寝、少しばかり堕落した読書、それだけだが、それでもこの街をあえてショーの最終地に選んだことからすれば、説明のつかぬ泥沼に嵌まってはいないはずだ。自然発生的に出来上がった日々の日課、それはここに来てからとはいえ、私の潜在意識にいつしか同化してしまったような気もするが、裏方役者の時からさせられてきたものとは決して同じではないはずである。

とはいえ……待ち焦がれる夏が来て、真っ最中の夏があり、やがて去りゆく夏がやってくる。けれども、真っ最中の朝の照明はやけに眩しい。今、眼の前でホワリーバードの真っ赤な萼に光が注がれ、ベランダの溝に溜まった円形の水面から逆光線が注がれている。湯気をたてる灰色のコンクリートの壁があり、朝焼けの凪に運ばれて来る波のうつろな音色と海藻を溶かした潮の匂いが私を覆っている。

午前七時、この時間を私は何度迎えたことだろう。未来を現在にとは、誰かが唱えた口癖だったが、意図することは違ってもこれも幾多のものとなってしまった。何一つとして……。あるのは太陽が昇り、夏の一日が始まったというこの瞬間だけだ。私は砂浜で拾った貝殻を水色のテーブルに載せ、見せかけの青い珊瑚礁の前でオレンジを飲み干した。

波の音が去って歓声が大きくなると、海辺は正午を回っている気がしたが、実際は十一時半だった。けれども、ホテルの外は光や風に変身した夏の消息が入り乱れ、大気を完全に遮断した温室の中に連れ込まれたようなものだ。拡張された太陽の照り返しが壁から壁へと伝わり、額や首筋を狙ったように痺れさせるのはまさに真昼の熱気だった。

私は夏の解放に後押しされ、昼間のぶらつきに駆りだされた。砂浜は相変わらず、海辺の濁ったざわめきと放送用のラッパから意味不明なロックが聞こえてくる　その真下では、若い男女が直射日光を浴びながら子供のような歓声を上げている。彼方に視点を送ればあちこちで色とりどりのビーチ・パラソルが開き、その背後ではサーフボードが入江に向かい、そして何度も横転を繰り返す様が遠くかすんで迫ってくる。どこから見ても下手なサーファー達の競演だ。

午後、一時が過ぎ、二時に近かった。何も変わっていない。緑の波に流された監視船の位置が少々ずれ、化粧品のコマーシャルから踊り出た女が、浮輪にエアーを入れていることぐらいだ。ある種雑誌の夏の日の極め付きといえば、心身防衛の警戒が一気に解放され、冬眠していた性欲を呼び覚ます特集ばかりが組まれることになる。

けれどもそうでもないようだ。それは集約的に言えばこうも言えるだろう。夏は華やいだ事件そのものだが、こうも淡々と繰り返しが続く毎日からすれば、これがごく当たり前の日常なのかもしれないと。今しがた「熱い、熱い」と婦人が氷を抱き抱えて行ったこともきっとそういうことなのだろう。隠れる場所がない。逃げる所もない。それでいて離れたくもない。それが夏というものだ。私は無数のかげろうが勝手に行進する砂浜に滑り降り、焼けた砂を手に取っては無邪気に戯れた。

・・・・・・・・・・・・・・・

翌日、砂は昨日の延長のように私と好意的に遊んでくれた。しかし、そんな友好的な絆にヒビを入れるけたたましいサイレンが私を待ち受けているとは予想だにしなかった。平和な目蓋を打ち砕き、イライラさせる周りの騒がしさに、海辺の解放はこれをもってお預けとなってしまった。

事件が起きたのか。誰かが波の狙い撃ちに会ったのか。おそらく、そうなのだろう。そうに違いない。海が夏の優等生に耐え切れず、自然の本能を突如剥き出したのだ。素直さの中には常に裏があるもの。その裏だ。

沖で待機していた監視船がエンジンの音を掻き立てている。私の周囲も他人事ならぬ不安に包まれる。動揺を察知してか、気味悪そうに砂浜に上がりだす。昼寝としゃれこんだ年若い母親まで、遅れまいと子供を無理やり引き寄せ始めた。けれども、波打ち際の子供は周りのことには無関心。無邪気なだけだ。とても大人の視線の先に潜む事実に気付く余地はない。駄々を捏ねているだけだ。

一人の婦人が尋ねた。

「騒がしいけれど、何か事件でも！」

「何がって、子供が波に引かれてよ。助けに入った親父もやられたらしい……まったく、よりによってこんな日に！」

そう吐き捨てると、巡回員は丸めたロープを重そうに肩に掛け、汗を拭き拭き駆け抜けていった。

十二時半、赤の他人が臨時の親戚縁者になりきる時が来た。

「どうしてあんな所で！　誰か近くにいなかったの？　呪いの波でも来たのかしら。恐くなっちゃう。お父さんまでもねぇ……」

気の毒そうに囁く声が聞こえる。そんな囲いの中で、髪をかきむしり、一人だけが崩れ落ちている。母親のようだ。淡々と繰り返しては打ち寄せる波が、鳴り止まぬ悲痛な啓示を運んでくる。沖の波は不規則に崩れ落ちては白い泡になり、砕けた渦は飛沫となって砂浜に打ち上がる。そんな波に同意する悲しみの感情はない　否定、否定、そして否定。泣いても響かぬ抵抗が続く。届かぬ叫び。目先の現実を否とする為に二人の名を呼び、自らも海に戦いを挑もうとしている。救助隊の男が止めるのに体を張って必死だ。

「見つかりますか？　助かりますか？」

「………！」

「見つけて！　早くしないと！」

無線で、聞き取れない連絡音が淡々と響く。救助隊は海の誘拐騒動の最中にあっても何も返答もすることなく前方を黙視したままだ。拒否しているのではない。返す言葉がないのだ。慰めはより残酷な仕打ちであることを彼らは心得ている。二重に取り囲んだ人垣の中では、惨劇に共鳴した老婦人が、「かわいそうにね！　子供さんまでもね……」と目頭を隠し、成り行きを窺っている。母親は支え切れない涙を砂浜に零してはうろたえる。込み上げてくる咳が止まらない。けれど波は記憶に無いことだと弁護したいのか、惚けるように同じ動作を淡々と繰り返すだけだ。

事態は何も動かず三十分が流れ、四十五分を過ぎても進展はなく、そして五十五分と時間が響かぬ空白のみを拡大する。戻すことの出来ない過去と身動きしない現在だけが、時の足跡となってゆく。期待は打ち砕かれつつ待ち続けるだけ……そして待ち続けても事態が好転とならない焦りと苦悩が突き刺すように海辺に沈んでいく。

一時間半後、判別の出来ない溜息が聞こえる。子供は海底で発見された。五歳だ。救急車で搬送はされたが、心肺停止という。おそらく駄目だろう。生きては戻れまい。夫はまだ不明。潮に流されてしまった可能性があるらしい。沖に捜索隊が向かっている。それとも沈んでいるのか、可能な限りの懸命な捜索は続く。潮が少し満ちた。夏の日の重く永い時間が延長される。

午後の二時を過ぎた。時間とともに人影がまばらになってゆく。テトラポットの中で砕けた波の音が耳元に増幅し始めると、背伸びするほどあったあの人垣の騒動は忘れ去られる過去に向かい始める。たとえどんな惨劇と言えども、やがては時間とともに消えてゆく行程に入ってゆくからだ。

雲から降りた風が近付いてくる。同時に碧白い閃光が西の空を横切る。山が脅迫されるように暴音の支配下に入った。子供が悲鳴を轟かせる。空が黒いペンキをこぼしたように自己否定すると、招き寄せたように暴発の行使が告げられる。午後の雷雨というやつだ。二三の雨粒が落ちると十、二十、三十と乱闘騒ぎを告げる雨音は砂浜を強引に叩きだし、壮絶な濁音とともに側溝の泥を削っては……解放された夏の隙間に怒りのとばりを振りかざすのだった。溜まった雨は膨れ上がり、そして流れだす。行き場をなくした濁流は瞬時の洪水のように逃げ遅れた虫を容赦なく引きずり込んでは、音を発しながら排水口に呑み込んでいった。

小一時間の間に通り過ぎた嵐だった。思えば、あれは波の理不尽さに対する女の報復の涙であったのかもしれない。そうであってもおかしくはないだろう。しかし、それでもどうにか忘れてくれという代償なのか、終止符を告げる一滴が屋根から滑り落ち砂と和解する頃、薄色の光が黒いペンキの隙間から微かに零れる。一筋が拡散し、三つになり、周りを照らし出す。光は膨張する。

「帰ろうぜ、いつまでもいると湿っぽくなっちまう」

どこかで一つ二つ、そんな囁き声が聞こえる。頃合を察知したかのように帰り支度が始まった。悲劇の現場から自己の身を遠ざけようとする意志が、振り向くことのない姿に映し出されている。四時に近かった。夏を想わせた白い砂は、雨に沈んで色を替え、固く潤った砂丘に変貌してしている。もはやあの騒ぎの痕跡はない。砂浜には捜索者と幼女を抱いた母親しか残されていない。居残る者の影は細い。そして悲しい。

日が傾いていく。少しずつだ。けれども母親は子供を抱えたまま落胆の想いを寄せ、拭き取れない涙を依然として流し続けている。それでも彼女の意を介する意志のない海は、新たな波を幾重にも送り出し、女の踵に絡みつく。小さな渦巻きが生まれ、そして一時の黙祷を唱えたあとにはまた消えていく。

一つの命が絶えた。父親も。色のない涙が二つ、潮の中に落ちる。せめてもの慰め、せめてもの対話、せめてもの供養、それでも何もなかったように続く長い沈黙、深い静寂、対話のない眠り、横なぐりの波、満ちてきた灰色と化した海……。

私は歩いた。五時を回っていた。私の膚には優しすぎるほどの風が舞い、海辺には夕日の豊沃な名残が注がれていた。真夏の一日を満喫したトンボが集団で帰路につき、岩肌の赤ユリからは蝶が離れ始める。日中、鋭い牙を天に突き出した岩山が一足早く波間で眠りにつく時だ。涼を得た海辺は黄昏の錨を間もなく降ろす。私は悲しくもなく、苦しくもなかった。ただ、何か、言葉にならずして残った憂慮だけが……。

陽は完全に落ちた。光を見た全ては、夜を迎えねばならない。今、見えうるものはいずこより飛散した星明りの中でひまわりが風にあおられていることだけだ。そして二重の輪郭とともにゆっくり垂れ下る実像が、闇のとばりに色褪せていく。淡い黄と消滅してゆく緑、間もなく全てが一夜の誘拐劇となってゆく。

再度、北の空から雷がやって来た。雷鳴だけだ。雨は落ちてこない。しかし、闇を飛来する稲光は、花火の遊びとは違う。恐怖を撒き散らす。日に二度の来襲、それは過去に経験したことがない。何かの前触れか。

夜の十一時、アイス・クリームは苦く、コーラがやけに甘い。丸い円を何度回ってみても無駄なこと……結局戻る位置は同じ。そんな単純なる結論が、今日という日の最後の手記になるかもしれない。だか、その前にもう一つ別の決断をしておこう。読み残した本には別れを告げようと思う。本は文字と私が共鳴した架空の世界でしかなかった。半同居したことも喧嘩腰になったのも事実だろう。しかし、その勧誘から長く抜け出せずにいた。

何かしらもがいてはいたのだろうが。だが、文字は他人の意志、それを共有して旅をすることにはもう終止符を打とう。私の決心は本を完全に閉じることだ。末行まで完読することでもない。仮にこの決心が一つの通過点というものに過ぎないとしても、四十四年も経由して辿り着いたものが、この混乱と迷走、それを投げ捨てようと思えば後悔はあるものの惜しいものはない。もう誰かが定めた戯れごとに従順になることはここで止めよう。拒否しよう。今、これから欲すること、そしてすべきことは、堆積した回想の羅列や資料収集ではない。不可逆なる意志を伴う終止符というものであり、最終決戦だ。その相手となる敵はすぐそこに、この手の届く先に襲来しているようだ。おそらく、いやまさしく間違いない。

・・・・・・・・・・・・・・・・・・・・

朝日を見る前にことが起きそうだ。先程までは電柱の隅で夜遊びに惚けた山ガラスがあくびをこぼし、夜明け前のうつろな眠りにつこうとしている。その反対側では住所不定の野良犬と早起きの猫が餌を求めてごろつき始めた。街灯の下でも蝉までもが時間を間違えたように鳴き出した。異様である。極めて異常だ。胸騒ぎがする。痛みさえ覚える。何が始まろうとしているのか？　朝のこの場所に予期せぬ奇襲が迫っているようだ。波のざわめく濁音、風が横切る振音、そして大気に潜む真っ赤なトゲが体のあちこちに突き刺さるようだ。背後の背後にも得体の知れない殺気を感じる。

きっとそうだ。違いない。異変は近くにある。そして、それは既にやって来ているのかもしれない。見上げれば、壊れかけた蜘の巣が食い尽くされた虫のむくろとともに垂れ下ったたままだ。それはとうてい手が及ばぬ別世界のようだが、夜明けの匂いの中で水滴が糸の弾力で空中に踊っている様は爆弾投下後の残像に等しい。むしろそれよりも薄明りが全てを呼び出すにつれ、憂愁な影や笑いたくなるような想い出、光という鏡に映されたホテルの肉体と固まり、暖かさの中で重く湿った窓ガラス、荷崩れを起こしかけた段ボール、眠りから覚めない闇の欲望、絶え間なく時を刻んだ足跡、ホテルで流れたメロディの愛想と嫌悪、消えていった音符、躊躇いがちにすれ違う朝と夜の葛藤、それらの痩せた残響が私の内に残っていることを否応なしに噛み締めざるを得なかった。

一方では生温い風がトタン屋根をバタバタさせ、ゴミ屑を吸い上げるように撒き散らしている。その背後からは潮風が鼻を摘むほど小魚の干涸びた臭いとともに流れてくる。そして砂浜に上陸した大量の海藻や漂流物の散乱……これらを直視すると、この先にはまったく経験のない病むべき今日が待ち受けている気がしてならない。

底が抜け落ち、金属の赤サビを曝け出した廃棄船を前にして、私は立ち止まった。波は茶色と緑色を重ね合わせ、周り一面を終焉に走る勢いでその足を速めている。戻った波がまた返って来た。潮の臭いが濃くなってゆく。

暫しの間だった。私は迫り来る予感とともに黒く膨らんだ低い雲が静止した雲を追い抜き、西から東へ渦巻きながら流れ去る様を追随した。結局、その雲を果てしなく追いかけることはできなかったが、低空飛行を続ける雲は水平線の間際では輪郭を失い、沸騰した水蒸気のように消えてゆくのだった。

はっきり言って、それは毎日発熱に近い肌焼けや夏風のお遊びを継続させるものではない。ましてや汗を滲ませる温風と契りを結んだ重厚な日差しの前触れでもない。どこまでも黙示を続ける脅迫か、さもなくば私を無に落し込める招待状……結論を急ぎ、即決するならそう受け取ることもあながち出来なくもない。それはもはや納得済みのこととも言える。仮に、ここで赤い雫が集中砲火のように降り注がれたとしても、私は疑問符だけを打ち鳴らす後悔の罠には決して陥らないだろうという心持だ。そんな雲行きがここにある。

私は打ち砕かれた貝殻や岩肌にへばりついた漂流物に囲まれてホテルへと足を向けた。半歩送り、歩幅を確認し、そして歩き出す。けれどもそんな私の意志とは無関係に数十歩の距離で吸盤に踏み入れたのか、両足は歩くことを一挙に停止するのだった。足首、土踏まず、踵、太もも、膝は脱水を通り越し餓死に近くなっている。力が抜けている。意志の伝達がまったく不可。どうしたのか……背後に見たくない何かがあるようだ。

私は勇猛心とは逆に、うんざりしながらゆっくり振り返った。一見何でもないような気がした。遮るものがある訳ではない。ちょっと戸惑い、警戒すべきことといえば、私を追いかける波の往来があり、昨日立ち寄った岬が濃い靄に隠れているだけだ。隠れて見えぬは日々のこと。たいしたことは……。

私は歩き出した。サンダルは引っ掛かる砂を手にとるように巻き上げ、踵に当たって音を響かせる。先程よりも筋が伸びて歩む足は軽い。私は、このまま意識や心臓をかきむしることなくホテルに帰れるものと思った。

けれども、数百歩んだ後で足首はまた一歩を停止する。次の一手が出ない。意識は私に向かって大声で叫んだ。

「あれは私の記憶に残った景色ではない」

私は振り返った。視界にあるのは灯台とその下の黒い洞窟であり、夢の中で何度か舞い降りたツタンカーメンの隠れ家でもなければ幻惑の洞穴でもない。岩に開いた薄暗い空洞だ。

「では、あの光景の何が？」

いや、そうではない。まさしくそうではない。この動揺はただごとではないはず。ひどく異様な胸騒ぎを感じているのだ。地面が沸き上るようだ。敵視する何かが存在し、すでに解放の願いを無視してまでも警戒しているのだ……そんな叫び声が私の内でする。

私はとりわけ注意深く、かつ冷静に対処しなければならないと思った。なぜなら、いつもの不安や胸騒ぎは痛切な異常事には違いないが、それらはある日突然に、あるいは意表をついてやって来たが為に、肉体と同様に理性までもが混乱に埋没してしまった。挙句の果てには、いつもそうであったのだが主たる異物は一瞬の一瞬にして濁流のように流されてしまい、後には後遺症と沈黙の爪痕しか手掛かりを残さなかったからだ。それ以上に、もしそれがあの嘔吐であるなら、脱走せずに唯一持ちこたえ、この私を防衛出来るものは理性以外には何もないからだった。

肉体は少しずつ懐疑を通り越し、不安と矛盾の板挟みで緊張し始めている。私の両手はひたすら安堵を求め、何も手にしていない自分自身の指を握りしめている。明らかに安住の地から引き離される如く、意に反した何かが……ひしひしと迫っている。

深刻で、愕然たるあの吐き気の前触れなのかはっきりしない。けれども汽笛を鳴らしながら先回りし、底知れぬ疑念を感じさせることからして、まさしくそうであるかもしれない。いや、きっとそうだろう。空ろな感情と体力がさらに奪い去られ、虚脱感が増したような気がする。足元もいつの間にか、追い打ちをかけられた波に洗われている。波が砂を運んで来ては指に絡み付き、付着する。指は払い除けることが出来ない。くすぐる波の戯れに返す術がない。指裏に入り込んだ砂が暴れ始める。指は波と砂の意のするがまま。退散することさえ出来ない。まるで砂と潮の上に立てられた身動きのとれない海案山子のようだ。

遠くに人影。一人、二人、三人、四人だ。感じた。そうだ。あの嘔吐、吐き気、明らかにあの前兆だ。喜色を浮かべ、灰色と化した砂浜に沿いながら意気揚揚と何のためらいもなくこちらに向かってくる。まさに正面突破だ。指、手、足、唇、胃、舌、皮膚、唾液、冷汗、毛穴が吐き気を感じている。体全体がひしひしと感じている。怯えている。威圧感が凄い。今度は重い。ずっと大きい。かなり強い。自信に満ちていて、今までとはとうてい比較にならない。

　鋭い叫びに似た足音が聞こえる。吐き気も靄の中から単調な響きとともに鼓動する。足音と吐き気は同じか……それは今は分からない。いや、きっと違うだろう。

　足音が益々残響を伴ってこだまする。岩の上を跳ねているようだ。砂の上を引きずる者もいる。一人が躓く。足を滑らす。その分距離が縮まる。吐き気も振動を上げる。ぶれ動く。吐き気が手足に容易に指を通過する。毛穴も通り過ぎる。唇は警戒し、入り口を厳重に閉じた。食道は身を縮める。胃は消化をやめた。唾液は隠れ家を失い、食道に交渉を開始している。否！　否！　否！　……唾液は耐えきれず、とうとう自己分裂を始める。舌は被害を最小限度にしようと反射的に丸まり、冷や汗は脂肪と混ざり固まってしまった。瞼は閉じることができない。心臓は……最後の砦。

　麻痺、パニック、吐き気はどこから来たのか。足元や膝の小さな傷口か、消化不良か、骨の溶着跡、内臓疾患、低血糖、下痢、自律神経、潰瘍、大気に紛れこんだ細菌、それとも持病か……。

　一人の足並みが横揺れして激しく揺れる。吐き気が乱れ、侵略の経路が逸れる。足音が突如慌ただしく大きくなる。人影がはっきりと輪郭となる。見えた。四人、男が三人、女が一人だ。同じ間隔、同じ歩幅が接近してくる。目蓋が重い。重厚な脅迫に目蓋が引きづられてしまう。重い重圧と圧迫だ。

何かを引き裂く発作が起きた。息が遮られ、喉元を掻き回したよどんだ音が出る。下を向く。何も出ない。足元の灰色の潮が泡だっている。

「灰色だって、否！」

瞬間、平手打ちが私を襲う。それは服従を強要する命令のようだ。

「普通の海水ではないか」と眼に映らぬ無音の暗号が眼球に突き刺さる。

私……百七十センチ。六十キロ、左利き、眼鏡使用、散歩中、サンダル履き、髭剃り前……これらは全て否定されている。弁明の余地を一切与えぬほど拒否している。

「私は〇〇年生まれの××××だ」

で、あるというのに、私に職務質問じみた格好をしていながら、私は何年に生まれたものでもない。誰でもいい、この場だけの、確認の要もない、今だけの存在だ。私は本当に誰でもない。動く人形、生きた動体、それも名もない他人だ。とうとう私は誰でもない私になってしまっている。

「私は今でも私だ。私は私だ。私は……今でも」

だが私は誰でもない。私にはまったく手が出せない。手が届かない。私は名を持っていない。姓もない。辛うじて寛容なのは、女ではなく男だということだ。

何かが聞こえる。私の中で密かに囁いている。それは心臓だ。負けじと鼓動している。心臓は勇気ある反抗を唱え、あくまでも××××であるべきだと譲らない。

「私は××××……」

「………!」

鞭が飛び火する如く、嘔吐特有の暴力で打ちのめされる。二度と異論なきよう私の前に壁がかけられる。頭は歪んだ脅迫にフラフラする。もはや心臓のみが最後の抵抗をしているだけだ。壁の脅迫文には、「ぶ格好、どこの何者か、暇人、普通、?、名前なし」と転写されている。

私は頭を上げる。また平手打ちが左右から襲う。顔を上げるな、と言っている。私は嫌々承諾する。すると壁は半分開放される。吐き気も幾分おさまる。雨風が吹き出しているのがわかる。

……名前なし。そうだろうか。私はそうであったのだろうか。私はここでもそうなってしまったのだろうか。分からない。けれども、今ここで何をぼやこうとも、そうなのかもしれない。ある時は番号や記号、そして暗号の前で名前など用をなさなかった時が、思えば数限りなくあった。確かに……その通り。事実である。

だが、だが、私には少しばかりの名前はなかっただろうか。私はもともと存在しなかっただろうか。誇れるものではないとしても、私はもう少し美顔をもっていなかっただろうか。私がかつてノートに信じきったまま名前を書いたのは、嘘だったのだろうか。体重計に乗り、六十キロの計示は私そのものであったのではないだろうか。申請書にあった最初の欄、ホテルの宿泊表、ルビ付きの保証書、送付された請求書、そして路上の虫けらを踏み潰したあの感触は、私の重量でなくして何であったのだろうか。アルバムから滑り落ちた写真を拾って女が微笑んだのは、私自身がそれであり、そこに存在していたからではないのか。

私は何者でもない……それはありえない。決してありえないことだ。もし、もしも私に名前がなく、足音を発する重量もないとしたら、あの場所に居合わせたこと、ベッドの歪み、ソファーの沈み、親指が突き出てしまった靴、向かい合った枯木、崩れ落ち音を立てた煉瓦、黄ばんだ窓、垂れ下った電線、それらあらゆるものは無かったのだろうか。

カッターの刃がくいこみ、指から流れ出た鮮血、鋲を踏んづけた足、痛み、手術、握りしめたペンは存在しなかっただろうか。腰痛の後にやってきた頭痛、斑点の痒み、聴力、味覚、嗅覚、重さ、軽さ、……やはり私は存在した。

「アーアーアー……」

「ウッ……」

無、運命、死、金、権力、影、停止、生、名誉、栄光、ニヒル、女、始まり、終わり、一円、闘争、縦、横、高さ、交響曲、キリスト、瞳、ジレンマ、パラドックス、想い出、反射、子供、太陽、バイオリン、逃避、詩、小説、ピアニシモ、未来、殺人、因果、神、過去、番号、マゾ、神秘、水、単純、赤と白とブルー、形而、朝、星、誘惑、微風、煙、クレヨン、空、方程式、穴、記号、ノート、プリズム、感動、海、歴史、猶予、めまい、目的、否定、知覚、背景、AからZ、状況、潜在、所有、欺瞞、美、一分と一秒、車、直感、秒読み、手帳、結果、タバコ、絵画、鏡とノート、本、テレビ、幻想、新聞、評価と評論、ビール、海、克服、旅行、観葉植物、記録、ミクロと宇宙、歓声と泣き声、雑音と音楽、制服、マクロと夢、仮設と推理、モザイク、朝と光、夜と闇、勇気と敗北、成功と欺瞞、奇跡と偶然、蕾と花びらと枯葉、孤立と賛同、必然と時間、喜劇と無知、悲劇と選択、夢の夢、前の前、先の先、過去の過去、奥の奥、そして現在。

……足音が次第に小さくなり、遠ざかってゆく。代わる代わる押しつけ、あるいは反対に団結して衝撃を叩きつけた視線が去ってゆく。有り難いほどその視線に惑わされ、防御の努力をしなればならなかった目蓋が去ってゆく。私から離れてゆく。どんどん小さくなってゆく。消えてゆく。言葉の端々からその推移まで、もう全て想い出す必要もない。

私は一時の幻覚や錯覚を見ていたのだろうか。いや、そうではない。はてしなく不透明で、永遠の夜にも等しい嘔吐の襲来に身動きせず、あらん限りの沈黙とあらん限りの忍耐でとうてい勝機のない戦いをさせられていたのだ。それも嘔吐独特の決して口を開こうとしないやり方で、一方的に戦果を覆すことのできない無抵抗に等しいざわめきを楽しませていたのだ。嘔吐はその時の気分で、あるいは無責任に目蓋を開き、あるいは閉じ、それによって慌ただしく針の筵に追いたてられる私を不眠の為の神経治療か子守歌のようにあてがっていたのだ。

私は長い間欲望の中を散歩していたのではなく、砕け散った過去を悔いていたのでもない。野望を持ち過ぎていたのでもなければ、正直すぎたのでもない。もう驚く必要はない。嘆く必要もない。反省もいらない。今、理解出来た。嘔吐はあらぬふりをして、ある所にあった。目の前の、手の届きそうな、想定外の所にあった。だからこそ私はある所のものであったが、あらぬ所のものであったのだ。大声で大笑いしたくなるほど馬鹿げたことだ。日々が淡々と時を刻み続けることとは反対に、私は意図的、または意識に反して常に束縛されていたのだ。あの昼下がり、カフェのスタンド・ボックス、いかれた女との逢引き、レジのカウンター、公園のベンチ、恋人との会話、浅い沈黙から深い沈黙、軽い笑いから感情的な激怒、視覚に起きた驚き、嘲笑、皮肉な軽蔑……それらは見られていたのだ。

なぜ、そうであってこうではなかったか。こうであってそうではないという必要はもうない。そうだ。今でははっきり言うべきだ。仮像は強制であり、嘔吐、それは彼らだったと。私は日常の真っただ中で、あるいは靄の衣を着せられた挙句、冷徹に殺伐たる想いで見られていたのだ。見られていた。

「まなざし、眼差し」

あの日の、あの時の、あの場所の、あの人の……まなざしだった。二十円だけの買い物、三人だけの石蹴り、転校の挨拶をさせられた教室、大人の後をついていった銭湯、バスを見上げた停留所、涙と喧嘩が入り交じった法事、車が舞い上がった交通事故、捨てられたタバコの臭いをかいだ鉄工所、卒業式の壇上、床屋の質問と魚屋の注意、寄付を募る丁重な勧誘、パスポートの申請と更新、銀行の待合所と保険会社の勧誘員、選挙カーから手を振る男達と検疫所の女達、入場制限中のコンサート会場、宝くじ売場と宅配便、死人の瞳を覗いた別れの儀式、坂道ですれちがった老夫婦といかれた男達、毎月小遣いをもらった屠殺場の裏と遊戯場の奥、試合前の作戦会議と勝敗を決めた瞬間、退場を宣言した審判員、勝者として台に載った一瞬、病院のベッドと手術台、不合格の連絡、客引きの案内と警備員の忠告、街頭でパンをかじった七夕の夜、茶碗に映った腫れた顔、私立探偵の質問と刑事の突っ込み、小さな遠足と出張の旅、大人の顔を見上げた特売日、鏡を投げ捨てた一瞬、夢と希望と挫折、そして現実を語った級友、裏切りの真実と密告の嘘、遅刻の原因と早退の理由、若さ故に許されるはずだった密会、罰ゲームと絶賛、二人で向かい合った電車のイス、眼鏡を初めてかけた夕暮れの歩道、唇を交わした女、守れなかった完璧な約束と肉体のみの結婚式、そして、「違う」と叫び続けた二百十五日と八時間……まなざしだった。

八月十日

友人からのメッセージ

わたしは彼の記述にもある通り、一月十六日に一緒にビールを飲んだZです。しかし、最初に断っておきます。わたしは彼の友人であっても同調者ではないことを。総じて言えば、時間が出来た時のみ付き合う程度のものでした。そう思って頂きたい。あの日はわたしが誘ったのです。その日のことは記述されているように、彼は何かを考えていたことが分かりました。その後、もう一度同じ居酒屋で会っています。その時には、人はどこで勝負がつくのか、といった話題について話した記憶があります。十代なのか、二十代か、それとも四十代か、受験か、就職か、結婚か、出世か、世渡り、幸運か、はたまた不運か、頭か、体力か、継続か、努力が大切か、金なのか、それとも勝負はつかないのか……彼は私に対しての異論、そしてわたしから反論をすることはありませんでした。互いに話し手であり、聞き役だったのです。あれこれ二時間程度話したと思います。けれど、結論にはいたらなかった気がします。それ故に、彼もこの件については記述していないのかもしれません。あるいは彼は何らかの主張をどこかに記載しているとしても、現状それだと断定出来るものは見つかっていません。

ただ、その時の記憶を辿れば、帰りがけに雪はなぜ降るのかと言っていた気がします。真剣なまなざしでした。降った雪が路面に着地した途端に溶けてしまうことが、彼なりの素朴な疑問のようでした。わたしは誰もが知っている気象現象の一つに過ぎないと言いたかったのですが、あまりにもシンプルな問いにそう答えることが出来なかったのです。彼はもうその時には有るものと無いもの、見えるものと見えないもの、過去と現実、そして未来について究極なる世界に突入していたのかもしれません。

しかし、今は現実を言うしかありません。年は替わり二月の中旬を過ぎたというのに、彼の姿がないのです。彼が書き連ねていたノートは昨年の八月十日で終わっていますが、十一日付けのレシートが在ることから、おそらく翌日自分の部屋に戻り、その後消息を絶ったのではないでしょうか。だとしても、それから既に半年以上も経過しているのです。捜索願いは出ているとはいえ、これは異常としか言いようがありません。彼の身辺に何が起きたのか、多くの疑問が残されたままです。

彼の記述が八月十日で終わっているのはなぜか。なぜ消息を絶ったのか、なぜ絶たねばならなかったのか、なぜ連絡がないのか、何か不可解な事件に巻き込まれたのか、そんな難問が山積みになってしまいました。

ともあれ、現在、彼の身辺にあった物は近親者が持ち帰りました。手記帳のみわたしが責任を持って預かっています。親族の方はそれらも全て引き上げるつもりでしたが、それでは最後の望みも断つことになってしまうとわたしが説得した次第です。

しかしながら、見通しははっきり言って明るいものではありません。むろん彼が我々の前にひょっこり現われるなら問題は一瞬にして解決してしまうでしょうが、この歳月を考慮すればことは重大です。彼の所持金は少なくないと思います。でも、これほど世間を放浪できる額は持ち合わせていないはずです。銀行の口座も手がつけられていません。

正直なところ、望みと言えば、明確なる証拠がないという逆説的な光しかないのです。とうてい信じたくないことですが、ある海岸からは下記のような報告が届きました。それは、彼が当時所持していたかもしれない本と自筆ではないかと想定されるデッサン帳が発見されたということです。陽炎像の背後に幾つもの眼球が数多く殴り描きされているようですが、何を描こうとしたものなのか誰も判断出来ないとのこと。DNA鑑定による結論だけは避けたいところです。

ところで、××君　わたしは君に伝えたいことがあります。わたしは君が決して激怒しないだろうと確信したので、手記を刊行することにしました。確かに一読すれば、君が毎日何かに苦悩していたことが痛いほど伝わってくるし、激しくもがき続ける葛藤を刊行することは、はなはだ失礼なことかもしれないと思いました。

ただ、わたしはこう理解したのです。いみじくも文字で表現している以上、遅かれ早かれ第三者に読まれることを否定したものではないだろうと。個人の日記ではないよね。

わたしが付記したいこと、あえて付記しなければならないことはもう少しあります。本編は彼のノートを編集したものなので、彼が戻った際には彼の主張として、また最悪ある種の形見になってしまうことを若干付け加える必要があります。わたしはそれ以上に彼の秘密をばらそうとするものではありません。

それにしても、わたしは暫く彼の資料に目を通してきましたが、彼の神経質なまでの思慮に驚いています。彼は過敏というよりとても繊細でした。優しい面もありました。いや、そんな過去形は失礼になるかもしれません。

いずれにしても、この編集の責任はわたしにあります。よって、わたしは、彼が損失を被り迷惑になることは手記から削除しました。また、名前は無記名にしました。それを前もってお断りしておきます。

尚、タイトルは『四十四歳のデカダンス』と命名させてもらいました。その根拠は説明はいたしません。

今、蘇ることは『偶然と必然はある確立の中でのことでしかない』と君が走り書きしていたことです。そうであるなら、わたしがこの作業をすることになった所以もある確率の中でのこと。

翻って言えば、ある確率が、一日も早くドアをノックする君に変わってくれることを願っています。君の愛したリリーは小さな蕾をたくさんつけました。やがて赤い星空のように咲き誇ることでしょう。

追伸

筆者の手記を辿れば、記述はかなり以前から始まっていて、何らかの心的変化はその頃からのようです。おそらく交通事故に遭ってからのことでしょう。しかし、意味不明な断片ばかりで編集することが出来ないのが実情です。故に、手記にもある通り、八月十日か

ら二百十五日さかのぼり、一月四日からが適当であると判断し、その日から刊行すること
にしました。

本編概略

フランスの哲学者サルトルは、《存在》とは理由なく在り、誰も説明することが出来ないと小説『嘔吐』で表現したが、本編はその方法論をモチーフとしながらも、哲学書『存在と無』で語られる《対他存在》についての小説化である。

《対他》とは《他人》である。我々は自身による評価は可能ではあるが、全て他人が認め、判断し、あるいはレッテルを貼られたものとして存在していることは否めない。人間の悩み、矛盾、争いの原点は、自己表現した自分ではなく、他人の評価に身を委ねなければならないという点にあると言っても過言ではない。

しかし、一方では不可抗力と言えども病気や事故に遭遇した時、それは他人に還元することは出来ず、自己責任としてその代償（痛みや苦痛）を自ら負わなければならない矛盾の中に生きている。いわゆる不条理である。

本編は、影の重さにも悩まされる主人公が、私ではない私、つまり今の自分にさせたものは他人の《まなざし》であった、と気付いてゆく過程を《意識》の中で時系列に描写しようとしたものである。そしてその《意識》の中で起きる矛盾や内的葛藤を通して、《まなざし》による後遺症を日常生活の中におびき出し、小説という次元で表現することを試みたものである。

以上

著者プロフィール

上妻 勝一（かみづま かついち）

1955年 茨城県生まれ、茨城県在住
茨城キリスト教大学文学部卒業

四十四歳のデカダンス

2025年2月15日　初版第1刷発行

著　者　上妻 勝一
発行者　瓜谷 綱延
発行所　株式会社文芸社
〒160-0022 東京都新宿区新宿1－10－1
電話 03-5369-3060（代表）
03-5369-2299（販売）

印刷所　TOPPANクロレ株式会社

ISBN978-4-286-26199-7